Jef Carnac

Vendetta

Jef Carnac

Vendetta

Première publication : Le Retour aux Sources, 2009

Publié par Le Retour aux Sources
www.leretourauxsources.com

© Omnia Veritas Limited – Jef Carnac – 2020

Remerciements :
Merci aux premiers lecteurs du site www.scriptoblog.com.

Avertissement :
Tranquillisez-vous, c'est du second degré.
En attendant le troisième.

« À vouloir étouffer les révolutions pacifiques, on rend inévitables les révolutions violentes. »
John Fitzgerald Kennedy

Pour L.

Ce matin

Ce matin, ils sont venus m'arrêter.

Cela ne m'a pas surpris.

Depuis des mois, je m'y préparais.

On ne peut pas tuer des gens, et s'étonner quand la porte de l'appartement saute à six heures pétantes. On a le beurre, ou l'argent du beurre. Quand on vend le beurre, on n'a plus le beurre. Quand on garde le beurre, on n'a pas l'argent.

Soyons cohérent, il est naturel que ta porte saute à six heures du matin, quand tu as monté un réseau de tueurs décidés à liquider tout ce qui, de près ou de loin, ressemble à un riche, un puissant, un homme ou une femme de pouvoir. Tu ne peux pas en même temps faire la guerre et t'étonner qu'on te la fasse.

Voyez-vous, ce que je reproche aux gauchistes, c'est justement de ne pas assumer. Le genre : « Bouh, c'est horrible, Pinochet, c'est un méchant qui tuait des gens. »

Ridicule, tout simplement ridicule.

Quand on trouve que Pol Pot est un mec bien, on ne reproche pas à Pinochet de buter ses adversaires. Moi, un gauchiste vient me trouver en me disant : « Pol Pot a tué des millions de mecs pour refaire l'humanité, et il a eu raison ; donc Pinochet, c'est un adversaire respectable, il a tué aussi, mais il avait le droit, c'est la règle du jeu », eh bien un gauchiste vient me dire ça, je lui réponds : total respect. OK. Rien à critiquer. C'est cohérent.

Tu as le droit de tuer des gens en politique, mais ne sois pas surpris quand les autres viennent te tuer.

Le gauchiste qui vient me dire : « Ouais, Pol Pot, super, mais Pinochet, pas beau, il a tué des mecs », eh bien ce gauchiste-là, je lui crache à la gueule.

On peut tout vouloir, mon vieux, voilà ce que je me suis dit en voyant les flics.

À condition de vouloir les conséquences de ce qu'on veut.

À cette *seule* condition.

Ils ont fait sauter ma porte, et ils m'ont passé les poussettes. Puis ils m'ont mis la tête dans un sac. Je ne savais pas qu'ils faisaient ça en France. Ils m'ont sorti de mon appart sans y mettre les formes, c'est clair. Je n'ai pas protesté, ça n'aurait servi à rien.

De toute façon, je m'en fichais.

Avant, j'étais une balle dans le canon.

Mais à présent, le coup est parti.

Je suis une douille éjectée.

Une fois que la balle est partie, peu importe qui ramasse la douille.

Je suis indifférent à mon propre sort. Les flics peuvent toujours essayer de me faire parler, je n'ai rien à raconter. Ils peuvent toujours essayer de me faire cracher les noms de l'organigramme : il n'y a pas d'organigramme. Ils peuvent même me demander un exposé complet sur les structures de l'organisation, si ça les amuse. Je leur ferai volontiers cet exposé. Et pour cause : il n'y a ni organisation, ni structures.

J'ai *déjà* gagné. Le reste n'a aucune importance.

*

Les flics m'ont emmené en bagnole. J'avais la cagoule sur la tête, alors je ne sais pas quel genre de voiture c'était. J'ai eu l'impression d'une berline, par exemple une Peugeot 406. Un véhicule banalisé, probablement. Je n'ai pas entendu de sirènes. Ils ont préféré faire dans la discrétion. J'étais sur la banquette arrière, avec un flic à gauche et un flic à droite. Ils n'ont pas dit un mot pendant tout le trajet.

On a traversé Paris. J'entendais les bruits de la ville. Puis ce fut le calme de l'autoroute, puis celui, je crois, d'une route de campagne. Nous avons ralenti. J'ai entendu du gravier crisser juste avant que le véhicule ne stoppe. Puis les portières se sont ouvertes, et on m'a fait sortir de la caisse. Un flic m'a tenu la tête pendant que je sortais, pour éviter que je me cogne.

J'ai pensé : ça les intéresse, les flics, ce que j'ai dans la tête. Ils ne veulent pas l'abîmer, ma tête.

Pas pour l'instant, en tout cas.

Ensuite, nous avons marché sur quelques mètres. Si ma mémoire est bonne, un flic me tenait le bras droit, l'autre flic le bras gauche. Il y en a un qui a dit : « Attention à la marche ». Et puis nous sommes entrés dans une maison.

J'ai marché encore quelques mètres. J'ai entendu une porte s'ouvrir. Puis on m'a fait asseoir sur une chaise, et soudain, on m'a retiré ma cagoule. Je me suis retrouvé avec une lampe en pleine gueule, j'ai cligné des yeux.

J'ai essayé de tourner la tête, mais un flic m'a attrapé le crâne et m'a ramené la face en plein dans la lumière. Dès qu'il m'a lâché, j'ai tourné la tête à nouveau. Le flic m'a encore attrapé le crâne, brutalement cette fois. Puis il m'a tenu la tête et a murmuré : « Regarde en face de toi, connard. »

J'ai fermé les yeux et j'ai attendu.

« Ouvre les yeux, » a dit le flic.

J'ai gardé les yeux fermés.

« Comme tu veux, » a murmuré le flic.

Puis il m'a lâché la tête.

Je ne savais pas à quoi il jouait, ce flic. Peut-être qu'il avait vu trop de films sur la gestapo et pas assez potassé le manuel. Tout ça me faisait vaguement l'effet d'une mise en scène faite pour me terrifier.

Mais je n'étais pas du tout terrifié.

Ensuite, j'ai entendu la voix du commissaire Janin. Je ne savais pas que c'était le commissaire Janin, à ce moment-là, mais à présent, je sais que c'était sa voix.

Il m'a dit : « Vous pouvez ouvrir les yeux, j'ai baissé la lampe. »

J'ai ouvert les yeux.

Derrière un bureau, dans la demi-pénombre, il y avait un type d'une quarantaine d'années, avec une cigarette au bec et des yeux doux. Voilà les deux choses qui m'ont marqué : sa cloppe au bec, et ses yeux doux.

Puis il s'est présenté : « Je suis le commissaire Emmanuel Janin. »

Ensuite, d'un coup de menton, il a désigné le flic qui m'avait pris la tête, au sens propre, et qui se tenait maintenant à côté de moi.

« Et, ça, » dit-il, « c'est l'inspecteur Sordi. »

Puis il a ajouté, avec un sourire en coin : « Je suis le bon flic. Lui, c'est le mauvais. »

J'ai été surpris, pour le coup.

Il y avait une nuance d'humour dans sa voix.

*

J'ai toujours eu des sentiments contrastés à l'égard des forces de police.

Il y a des gens, dans la mouvance dite révolutionnaire, qui ne peuvent pas blairer les flics. Ça n'a jamais été mon cas.

Telles que je vois les choses, disons qu'ils sont une partie de l'histoire. Aussi indispensables à la révolution que le comte Almaviva l'est au mariage de Figaro, si vous voulez.

J'ai beaucoup pensé à eux, ces derniers mois. Mettez-vous à ma place : je me doutais bien qu'ils étaient sur ma trace. Forcément, ça m'obligeait à les calculer. Histoire d'anticiper leur comportement.

Les flics sont des hommes comme les autres. Vous savez, c'est curieux, quand on y pense, le boulot d'un policier. Un lieutenant de police gagne entre 2 000 et 3 000 euros par mois. Un gardien de la paix tout juste sorti de l'école, c'est le SMIC, en gros. Donc voilà des gens qui gagnent tout juste de quoi s'en sortir, disons un peu plus puisqu'ils ont des avantages par ailleurs. Et ces gars-là, payés au lance-pierre, assurent la quiétude des gros richards. Ils maintiennent un ordre dont ils sont les victimes. Si j'avais été sûr de ne pas me faire détecter, j'aurais certainement cherché à recruter chez eux.

D'ailleurs, peut-être que j'ai recruté chez eux.

Sans le savoir.

Ce qui est sûr, c'est qu'il y a des policiers qui pensent comme moi.

Tout à l'heure, en observant le visage fatigué du commissaire Janin, c'est à ça que je réfléchissais. Est-ce que ce policier est d'accord avec moi ?

À présent, il est en face de moi, alors que je tape cette confession. Tout à l'heure, il va la lire. Je l'observerai à ce moment-là. Je suis presque sûr que je discernerai, dans son regard, dans son attitude, des marques d'approbation. Oh, il va essayer de ne pas le montrer, bien sûr. Mais il ne pourra pas s'empêcher de hocher la tête, par moment. C'est une des raisons pour lesquelles j'ai accepté de rédiger cette confession. Pour voir la tête du commissaire Janin qui la lira.

Quand on s'est lancé dans une aventure comme la mienne, on en apprend beaucoup sur la colère rentrée des hommes ordinaires. Si vous ne faites pas attention, vous ne remarquez rien. Mais à condition d'avoir les yeux ouverts, en navigant n'importe où, dans Paris ou en Banlieue, ou même dans des bleds paumés du fin fond du Cantal, vous en verrez partout, des hommes au bout.

Au bout de quoi, me direz-vous.

Eh bien, au bout de tout.

Au bout de la vie. Au bout de l'espoir et au bout du désespoir. Au bout du dégoût. Au bout de la solitude. Au bout de l'injustice. Au bout de la peur. Au bout de l'inquiétude. Au bout du discours. Au bout de la pensée. Au bout du Verbe. Au bout du Mal.

Au bout du bout, surtout.

Les gens, comme on dit.

Eh bien les gens, ils n'en peuvent plus.

Regardez-les, dans la rue, à l'usine, au bureau, dans le RER à l'heure de pointe.

Regardez ces visages blêmes, ces yeux morts, cernés, défaits. Ils ont l'air si fatigués, les voyageurs du premier métro. Ceux du dernier aussi, d'ailleurs.

Fatigués. Epuisés, même. Il y a douze millions de Parisiens. Dont, à vue de nez, onze millions de mecs qui en ont marre. Marre de leur vie. Marre de se faire marcher dessus. Marre du petit chef au bureau. Marre d'avoir peur pour un boulot qu'ils détestent. Marre d'en avoir marre.

Ça suinte de partout. Je prends un train en gare de l'Est. Le soir. Vendredi. Ça rentre dans sa province pour le week-end. Ça devrait être content, vu que la semaine s'achève. C'est juste soulagé. Mes contemporains traînent leur vie comme un bagnard son boulet.

C'est l'au bout du bout.

Et vous voudriez que les flics, avec leurs salaires de merde, et les risques qui vont avec, ils l'aient à la bonne ?

Je ne crois pas. Je pense qu'ils sont comme tout le monde, les flics.

Au bout du rouleau.

*

Janin me l'a joué good cop, comme dans les films. À côté de moi, Sordi me regardait d'un air méchant. Comme dans les films, pareil. Ça m'a fait sourire, cette mise en scène. Je crois que Janin a été sensible à mon sens de l'humour. D'entrée de jeu, il y a eu une sorte de complicité entre nous.

Il m'a demandé si je savais pourquoi j'étais là. Je lui ai répondu que j'en avais une vague idée. Il m'a demandé de lui dire pourquoi je pensais qu'il était normal que je me retrouve assis sur cette chaise, en face de lui, les mains dans les menottes.

C'était bien joué de sa part. D'emblée, il créait un climat de confiance. Il me laissait le droit de coécrire le scénario. J'ai été sensible à son geste.

Je lui ai dit que je pensais être là parce que les forces de police devaient savoir que j'avais joué un certain rôle dans les évènements récents. Il m'a demandé : « Quels évènements ? » Je lui ai répondu, en prenant un ton ennuyé, j'avais hâte d'en finir avec les formalités : « Eh bien, par exemple, l'affaire du dîner du Siècle. »

Il a hoché la tête lentement. « Donc, » m'a-t-il lancé, « vous admettez que vous avez joué un rôle dans cette affaire ? »

« Je viens de vous le dire, » lui ai-je répondu.

Je voulais faire vite. Ça ne m'intéressait pas du tout de ruser, de faire comme si j'avais des choses à cacher. De toute manière, je ne sais presque rien moi-même sur l'organisation que j'ai contribué à monter. Enfin, l'organisation, c'est un grand mot…

Il est très fâcheux de se retrouver devant des flics qui veulent vous faire parler, alors que de toute manière, vous ne demandez que ça. Quel ennui. Le monde est mal fait : les flics devraient savoir que la théorie des organisations a beaucoup évolué, et comprendre qu'il est ridicule de jouer à la gestapo. Mais c'est le mauvais côté de ces braves gars : ils ont toujours tendance à sur-jouer. Ce sont de mauvais acteurs à qui on a confié des rôles importants.

Comme je m'y attendais, la question suivante a été : « Décrivez-nous rapidement l'organisation que vous avez mise en place. »

Je lui ai demandé s'il voulait savoir quelque chose de précis. Je voulais aller à l'essentiel. Mais Sordi a cru que je finassais, et il m'a flanqué une baffe.

« Réponds, » m'a-t-il dit.

« Répondez, » a répété Janin, d'un air ennuyé.

J'ai compris qu'ils cherchaient à me faire parler, le plus possible, et que je n'avais qu'à m'exprimer librement. Ils feraient le tri. Après tout, c'était aussi bien. Et si ça pouvait m'éviter les baffes de Sordi, la gestapette amateur, autant en profiter.

Je leur ai fait un topo sur la théorie des organisations.

« Les organisations les plus efficaces sont celles qui s'inspirent de la biologie. On n'en est plus aux constructions mécanistes. La théorie a beaucoup progressé. L'important n'est plus d'établir des lignes de commandement stables, mais au contraire de ne pas avoir besoin de les établir.

« Les organisations biologiques présentent trois avantages sur les organisations mécanistes. D'une part, elles sont capables de s'auto-réparer, exactement comme un corps cicatrise. D'autre part, elles sont capables d'interpénétrer complètement les organisations alliées ou rivales, jusqu'au point où il n'est plus possible de distinguer l'organisation biologique des organisations proches, soit dans la rivalité, soit dans la coopération. Enfin, et c'est le plus important, elles peuvent renaître en permanence, il suffit pour cela qu'une cellule de base existe, capable de se dupliquer ou d'infiltrer le code génératif d'une cellule hôte. »

Janin a grommelé : « Nous voulons des faits. Des détails. Pas de la théorie. »

Sordi m'a flanqué une baffe de plus.

Il a répété : « Pas de la théorie. »

Sa baffe manquait de conviction. Il devait être désarçonné par la tournure de la discussion.

J'ai dit à Janin que je ne savais pas au juste par où commencer.

Il m'a précisé, sur un ton ferme : « Des faits. Des noms. Qui, quand, comment. Pourquoi aussi. »

Je lui ai dit que je ne savais pas qui était membre de mon organisation. Il m'a rétorqué : « Je ne vous crois pas. » Je lui ai répété que je n'en savais rien.

Il a eu l'air ennuyé.

« Si vous ne coopérez pas, » m'a-t-il lancé, « nous allons être obligés de nous montrer extrêmement discourtois. »

« Faites, » lui ai-je répondu.

Puis j'ai ajouté : « Je vous en prie. »

Sans qu'il vaille y voir la moindre forme de défi. Simple question de politesse.

Je n'ai encore jamais été torturé. C'est une expérience qui me manque. J'étais curieux de voir comment ça allait se passer, quels instruments seraient utilisés. La douleur ne m'effraie pas, et de toute manière, je ne sais rien qui mérite d'être tu.

Janin m'a demandé : « Comment voyez-vous la suite des évènements ? »

Il semblait mal à l'aise.

J'ai eu envie de lui rendre service. Ce type doit être payé un salaire de petit cadre. Cela ne justifie pas qu'on l'oblige à participer à des actions que sa conscience réprouve. Il faut être humain, tout de même. Les fonctionnaires de police méritent d'être traités avec équité.

« Ecoutez, » lui ai-je proposé, « si vous me laissez quelques heures avec un magnétophone ou un ordinateur, je promets de tout vous dire, à l'oral ou par écrit. Par écrit de préférence. Cela me laissera plus de temps pour collecter mes souvenirs, qui sont, je le crains, un peu flous. »

Janin a eu l'air surpris.

Il a murmuré : « Requête hors norme ».

Puis il a ajouté : « Il est vrai que dans votre affaire, tout est hors norme. »

Il s'est levé. C'est alors seulement que j'ai remarqué qu'il était très petit. 1 mètre 60 à vue de nez. Tout juste la taille limite pour être admis dans la police.

Soit dit en passant, c'est probablement ce qui explique son caractère relativement atypique pour un policier. En général, les gens très petits sont pète-sec, parce qu'ils ont des choses à prouver, mais souvent aussi très fins, parce qu'ils ont pris l'habitude de ruser, d'éviter la confrontation directe.

Il m'a dit : « C'est d'accord. On va vous trouver un ordinateur. De toute manière, je préfère moi aussi que cela soit fait par écrit. Vous avez, disons – il a regardé sa montre-bracelet – jusqu'à midi. Il est sept heures et demie. Cela vous laisse amplement le temps. »

Puis il est sorti, avant de rentrer pour me dire : « Au passage, une précision : si nous devions nous montrer discourtois, je pense que cela concernerait potentiellement votre famille. »

Sa remarque m'a surpris.

« Vous avez le droit de faire cela ? », ai-je demandé.

Il a répondu, d'une voix neutre : « Etant donné la gravité de ce qui vient de se passer au Siècle, nous avons à peu près tous les droits. Ne nous dissimulez rien, ou votre famille en pâtira. »

J'ai réfléchi pour bien peser mes mots, puis je lui ai dit : « Je ne sais rien qui mérite d'être tu, monsieur le commissaire. Toutefois, sachez qu'en tout état de cause, vos menaces sur ma famille resteront sans effet. »

« Vous n'êtes pas inquiet pour vos neveux et nièces ? »

J'ai réfléchi à nouveau, puis je lui ai cité l'Exode : « *Je suis un Dieu jaloux, qui punit la faute des pères sur les enfants.* »

Comme il me regardait d'un air interloqué, j'ai précisé : « Exode, chapitre 20, verset 5. »

Le commissaire Janin a haussé les épaules et est sorti. Le charme était rompu.

Alors l'inspecteur Sordi m'a fait lever, et m'a entraîné vers la porte, sur les traces de son patron.

Tout à l'heure

Tout à l'heure, quand j'ai proposé cette confession écrite au commissaire Janin, il me semblait qu'une fois assis devant un ordinateur, je parviendrais à mettre mes idées au clair. Mais à présent, je me rends compte que ce n'est pas si aisé.

C'est pourquoi j'ai commencé par raconter mon interpellation. Une manière de faire sortir les impressions immédiates. Pour en être débarrassé. Pour pouvoir repartir du bon pied.

Et à présent, me voici devant le clavier d'un vieux portable, qui doit bien avoir cinq ans d'âge, une antiquité extraordinaire.

Je trouve dommage, soit dit en passant, qu'on ne conserve pas ces vieux coucous. On pourrait imaginer d'en faire un véritable marché de *l'authenticité*. Il y a un certain plaisir à taper un texte sous une version antédiluvienne de Word. La madeleine de Proust virtuelle, si vous voulez. Si je sors vivant de cette aventure, je me lancerai dans le commerce des PC *vintage*.

Je plaisante, bien sûr.

Revenons à notre affaire. Le commissaire n'en a rien à faire de mes *blagues de geek*.

Je crois que le mieux est d'expliquer les choses une par une, dans l'ordre où elles me viennent à l'esprit. De toute manière, le commissaire fera le tri. C'est un homme intelligent, j'ai confiance dans son aptitude à déchiffrer ma personnalité. Il saura refaire de mes souvenirs épars un tout relativement cohérent.

La première chose qui me vient à l'esprit, quand on me demande de parler de l'organisation qui n'existe pas, c'est notre équipée avec Goldorak2 et Casimir5.

*

Nous nous étions retrouvés sur un parking d'hypermarché, en banlieue. Ils portaient l'accoutrement de rigueur : rangers aux pieds, pantalon de treillis noir, blouson à capuche rabattue, une écharpe remontée jusque sous le nez. Anonymat parfait, même sans le casque de moto. Je ne savais ni d'où ils venaient, ni qui ils étaient. Et eux n'en savaient pas davantage sur moi. Et c'était très bien comme ça.

J'avais monté cette opération parce que nous avions besoin d'argent pour financer Sankukai1, qui avait en tête un projet coûteux. Sankukaï1 m'avait fait savoir qu'il avait la possibilité de frapper un coup vicieux. Mais il avait besoin d'un financement conséquent.

Je lui ai dit de ne pas s'inquiéter pour l'argent, nous allions lui en trouver. Et j'ai contacté Goldorak2 et Casimir5, parce que j'étais sûr d'eux : ils avaient déjà monté des opérations ensemble, et les résultats avaient été probants.

Je le savais, car j'avais rapproché quelques détails révélateurs.

Et je savais aussi qu'ils faisaient de la moto.

J'avais repéré un bar fréquenté par les peoples, près des Champs-Elysées : le Challenger-Deluxe. C'est une brasserie haut de gamme, avec ce cachet de fausse authenticité qui plaît aux bobos friqués, l'endroit parfait pour repérer une proie. Mon plan était simple : nous allions nous poster à proximité. Nous attendrions la sortie d'un people quelconque, ou à défaut d'un type manifestement friqué. Nous le suivrions à moto. J'étais venu avec une Honda 500. Goldorak2 avait une Suzuki 900, et Casimir5 une Honda 500, comme moi.

Naturellement, nous avions tous changé nos plaques.

Pour mes complices, ce soir-là, j'étais Starski9.

Nous avons garé nos bécanes à proximité du Challenger. Puis nous avons attendu. Nous sommes restés là une heure environ, tout en devisant comme des motards qui ont une soirée d'automne à perdre, assis sur leurs montures. Enfin, nous avons repéré l'Elu.

C'était un acteur célèbre, dont le nom m'échappe à l'instant où j'écris. De toute manière, le commissaire s'en souviendra, l'affaire a forcément attiré son attention. Je parle d'un acteur *très* célèbre, connu pour ses amitiés avec le monde politique.

Appelons-le l'Elu.

Ce soir-là, cela me revient, je l'ai repéré à sa veste pied-de-poule de tout à fait mauvais goût. Disons que ça collait merveilleusement bien au personnage. Si je l'avais vu de dos, avec sa silhouette et son accoutrement, j'aurais pensé à lui sans savoir que c'était lui.

Il a attendu quelques minutes sur le trottoir, puis une jolie femme est sortie du restaurant. Elle s'est pendue à son bras, et ensemble, ils ont marché quelques mètres jusqu'à une grosse berline garée à proximité. Il a galamment tenu la portière à sa passagère, avant de s'installer au volant.

J'ai jeté un coup d'œil à Goldorak2 et Casimir5. Ils ont hoché la tête d'un air approbateur. Nous tenions notre client.

Ensuite, nous l'avons suivi. Nous nous sommes relayés derrière lui, pour qu'il ne remarque rien. Tantôt je suivais Goldorak2 ou Casimir5, tantôt c'était eux qui me suivaient, tandis je suivais l'Elu. Tout se passait comme prévu.

L'Elu a pris le périphérique, puis l'autoroute. Il est sorti près de Rambouillet, et nous nous sommes rapidement retrouvés sur une petite route de campagne. À partir de ce moment-là, nous l'avons suivi de plus loin. Il s'est arrêté à l'entrée d'un petit village, à l'orée d'une forêt. Sa voiture se trouvait juste devant une grille pourvue d'un interphone.

Nous nous sommes arrêté environ trente mètres derrière lui, en groupe, quelques secondes plus tard, tous phares éteints.

Il a ouvert la grille et a garé sa voiture.

J'ai compris qu'il y avait un coup à jouer. Nous avons redémarré en trombe, et franchi la grille avant qu'elle ne se referme.

L'Elu venait de descendre de sa voiture. Il s'est retourné et nous a regardés, ne sachant que faire.

Goldorak2 est descendu de bécane. Il s'est approché de notre victime et, en guise d'explication, lui a donné un solide coup de boule, casque contre tête.

L'Elu s'est écroulé sur le sol.

La fille était toujours dans la voiture. Elle s'est mise à hurler.

Comme elle ne nous était a priori d'aucune utilité, j'ai sorti de mon blouson mon Colt 45 muni d'un silencieux, et je lui ai mis une balle dans la tête. Elle a arrêté de crier.

Casimir5 est allé s'asseoir au volant, et il a tranquillement garé la grosse berline sous un abri qui se trouvait là, une sorte de garage ouvert, je ne sais pas comment on appelle ça en termes techniques.

Entretemps, l'Elu s'était relevé. Il a bredouillé quelque chose comme « qui êtes-vous ? », puis je lui ai mis une balle dans le genou, pour lui apprendre à se relever sans permission.

Ensuite, nous avons attrapé l'Elu. Goldorak2 lui tenait les épaules, et Casimir5 les pieds. Nous l'avons porté jusque devant la porte d'un petit manoir, dont nous devinions la silhouette massive dans la nuit.

J'ai demandé poliment à l'Elu de nous filer les clefs pour que nous puissions entrer. Il a secoué la tête comme pour dire non. Alors Casimir5 lui a donné un coup de pied dans le genou éclaté, et l'Elu a crié. Puis j'ai redemandé les clefs, et l'Elu nous a fait signe qu'elles étaient dans sa poche.

J'étais en train de le fouiller quand la porte du manoir s'est ouverte. Une vieille dame est apparue sur le porche, comme surgie de la lumière. Je lui ai tiré une balle dans la tête, et nous sommes entrés.

Ensuite, nous avons traîné l'Elu dans le vestibule, et Casimir5, par perfectionnisme, a rapatrié à l'intérieur le cadavre de la vieille dame. Puis nous avons refermé la porte, et j'ai demandé à mes acolytes de fouiller la maison, pendant que je surveillais l'Elu. Celui-ci, à plusieurs reprises, m'a demandé ce que nous voulions, mais je ne lui ai pas répondu. J'attendais de savoir si nous étions seuls dans la maison.

Casimir5 est revenu un quart d'heure plus tard sans avoir trouvé âme qui vive. Mais Goldorak2, lui, nous a ramené un jeune garçon d'une dizaine d'années, qui tremblait de tous ses membres. Je me souviens qu'il portait une gourmette en or et un pyjama bleu aux reflets soyeux.

« C'est qui ? », ai-je demandé à l'Elu.

Il était très pâle, sans doute à cause du sang perdu. Il y en avait une jolie flaque sur le sol, à côté de son genou broyé. Il m'a répondu, d'une voix chevrotante : « C'est mon fils, Donatien. »

« Et elle ? », ai-je fait, en désignant la vieille dame.

« Ma mère, » nous a-t-il appris.

« Désolé pour ça, » ai-je demandé humblement, en essayant de bien lui faire sentir que l'aspect familial de la question constituait pour nous un à-côté déplaisant.

Goldorak2 a demandé : « Et la femme dans la voiture ? »

« C'est ma compagne, » a répondu l'Elu.

« C'était, » ai-je dit, dans un souci d'exactitude.

L'Elu s'est mis à pleurer, ce que j'ai trouvé relativement inconvenant. C'est un des problèmes que nous avons avec l'Ennemi. Vu de près, il n'est pas assez impressionnant pour que nous puissions le haïr en toute quiétude.

« Bon, » ai-je repris, « en tant que chef de cette mission de prélèvement de l'impôt révolutionnaire, je dois vous avertir que nous sommes ici pour l'argent. Il est absolument inutile de nous offrir d'autres choses, tels que l'accès à votre carnet d'adresses, ou une recommandation pour travailler comme acteurs, ou toutes ces choses que votre statut social de vedette vous permet d'offrir. Je plaisante, bien sûr... Bref, c'est extrêmement simple : vous êtes riches, vous ne le méritez pas, nous sommes pauvres, nous en avons marre de l'être. Donc vous allez nous donner votre argent, moyennant quoi nous ne vous torturerons pas, et votre fils non plus. »

L'Elu m'a regardé comme si j'avais dit là quelque chose d'extraordinaire.

« Votre surprise m'amuse, » lui ai-je avoué, dans un accès de sincérité spontanée. « Vous êtes partie prenante d'un ordre dont la substance est la violence, l'extorsion, l'exploitation et même, disons-le, le meurtre par procuration. Vous voici soudain confronté, en tant que victime, aux logiques que cet ordre a rendues universelles. Et vous jouez l'étonné ? Allons, cher monsieur, pas de ça entre nous, voulez-vous ? »

Un éclair de ruse a traversé la face camuse de l'Elu. À présent, il ne pleurait plus.

« Combien voulez-vous ? », a-t-il demandé, tout à trac.

« À la bonne heure ! », ai-je fait. « Je vois que nous allons gagner du temps. Cela m'aurait été désagréable de devoir vous chauffer les pieds, et toutes ces choses répugnantes. »

J'ai fait comme si je voulais laisser passer un instant de suspens, mais en réalité, j'étais embarrassé par sa question. Sankukai1 ne m'avait pas donné de chiffre, et pour ma part, je n'y avais pas réfléchi. Mon idée était de faire le coup des chauffeurs du temps jadis. Le montant du butin n'avait pas été anticipé précisément.

Finalement j'ai dit, d'une voix sèche : « Un million d'euros, et nous sommes quitte. »

L'Elu a secoué la tête.

« Je n'ai pas une telle somme à la maison. »

« Combien avez-vous ? »

L'Elu a pris quelques secondes pour réfléchir, puis il a dit : « Ecoutez, emmenez-moi dans mon bureau, et je vous ouvrirai le coffre. Il y en a pour plusieurs centaines de milliers d'euros. »

J'ai saisi le jeune Donatien par l'épaule, puis j'ai fait signe à Goldorak2 et Casimir5 d'empoigner notre client, lequel nous a fort obligeamment indiqué le chemin jusqu'à son cabinet de travail. Là, il m'a désigné un tableau pompier, une sorte de marine de très mauvais goût. J'ai tiré comme il me le demandait, à droite du cadre, et un coffre-fort nous fut dévoilé.

« Je vais ouvrir, » suggéra notre hôte forcé.

Sur un ton sans réplique, j'ordonnai : « Donnez-moi la combinaison. »

Il s'exécuta, et en ouvrant le coffre, je vis que j'avais eu raison de procéder ainsi : un pistolet 9 mm était posé là, à portée de main. J'empoignai l'arme et dit à l'Elu : « Tt-tt, petit cachotier. Contrat rompu. Vous allez payer pour ça. »

Puis je mis le pistolet dans ma poche, en me disant que cela pouvait toujours servir. Le Glock 19 est une bonne arme, légère, précise et fiable. Personnellement, par traditionalisme, je reste fidèle au Colt 45, mais il est agréable de savoir qu'on pourra faire des heureux.

Ensuite, je me lançai dans l'investigation du coffre. J'y trouvai une petite mallette contenant environ 200 000 euros en billets de 100 et 50, ainsi qu'une dizaine de lingots d'or. À vue de nez, il y en avait pour environ 450 000 euros, en tout.

J'ai demandé, simple curiosité : « Vous conservez cette petite fortune ici en vue d'un voyage en Suisse ? »

L'Elu a haussé les épaules sans répondre. J'ai trouvé cela très impoli de sa part, aussi ai-je habilement logé une balle dans son genou indemne.

Il a crié, gémi, puis s'est remis à pleurer.

Cette fois, j'ai trouvé qu'il était vraiment répugnant.

Nous avions 450 000 euros, ce qui en somme n'est pas mal pour une soirée de travail. Il était temps de passer à l'aspect ludique de l'équipée.

Après l'effort, le réconfort.

Cela fait partie de notre *lifestyle*.

C'est alors que le jeune Donatien échappa à la poigne de Goldorak2 et se jeta dans les bras de son père, comme pour le consoler. Cela me donna une idée.

*

Avant de vous raconter l'issue de cette soirée passionnante, il me paraît important d'apporter ici quelques précisions sur l'éthique de notre démarche. Faute de quoi, ce qui suit pourrait être mal compris.

Je voudrais souligner, en premier lieu, qu'il n'entre nul sadisme dans notre projet. Notre motivation n'est pas personnelle. Si nous gagnons dans notre projet collectif de grandes satisfactions, que ce soit en termes d'estime de soi, de *self-achievement* ou de motivation collective, si nous estimons que nous vivons une expérience passionnante et une vie pleine de sens, ce n'est pas parce que nous retirons un plaisir trouble de la souffrance infligée à qui la mérite. Si nous étions restés bloqués à un niveau aussi bas dans la pyramide des besoins, nous ne vaudrions pas davantage que notre adversaire.

Notre motivation est fondamentalement altruiste. Nous avons compris que notre environnement nous lançait le défi d'un nomadisme créateur intégral, et nous relevons ce défi à notre manière – non pour notre vaine gloire, mais pour celle de notre espèce. Par notre action, nous prouvons que l'homme est plus fort que l'inhumanité qu'il engendre. Voilà de quoi il s'agit.

D'une certaine façon, je pense que les éléments les plus intelligents, au sein du camp ennemi, ne pourront qu'éprouver une grande admiration pour nous. Ce qu'il faut bien comprendre, c'est que nous ne sommes pas *contre* le système que nous combattons. Nous ne sommes pas davantage en-deçà de ce système, de son mode de pensée, de sa manière de structurer l'intelligence collective. Nous sommes *au-delà* de ce système. J'oserais même dire, si la modestie ne me retenait pas, que nous sommes son accomplissement le plus parfait.

Notre objectif n'est nullement de revenir à un stade antérieur du développement de l'esprit de compétition et d'excellence dans les organisations humaines. Notre objectif est au contraire d'atteindre un point supérieur dans le développement de cet esprit. Si nous combattons l'Ennemi, ce n'est pas parce que ses logiques nous répugnent en elles-mêmes : c'est parce que nous estimons qu'il n'est pas digne, pas *réellement* digne, d'en être le porteur. Nous ne sommes pas en guerre pour anéantir le principe dont l'Ennemi s'est fait le champion, mais pour prouver que *nous* sommes, mieux que lui, capables d'incarner ce principe. Il existe donc, dans notre démarche, une indiscutable dimension philosophique : nous rétablissons la cohérence de notre monde. Voilà de quoi il s'agit, vraiment.

Nous mettons un terme à une imposture.

Merci d'en avoir pris note.

Nous pouvons maintenant revenir au récit. J'en étais au moment où l'Elu nous avait permis de gagner notre pain quotidien. De quoi, certainement, financer abondamment l'initiative intéressante de Sankukai1.

Retour, donc, dans le cabinet de travail où l'Elu, gémissant, pleurant, constate que ces deux genoux ont été broyés par les balles de mon calibre 45.

Je me dressais devant lui comme un juge, impavide à l'heure du verdict, devant un accusé qu'il sait coupable. Et alors, je lui tins à peu près ce discours :

« Vous pleurez, monsieur. Ah, bien sûr, les balles font plus mal dans la réalité qu'au cinéma. Mais vous êtes vous demandé, vous qui à présent êtes meurtri dans votre chair, vous êtes vous demandé combien de fois l'industrie du spectacle a meurtri des âmes innocentes ?

« Je vous accuse, monsieur, d'avoir, depuis des années, contribué à répandre de par le monde l'idée que la violence était un spectacle. Sans doute ne percevez-vous pas en quoi cela est un crime. Laissez-moi, donc, vous expliquer ce qu'est la violence, et ce qu'est le spectacle.

« La violence est quelque chose d'extrêmement sérieux, monsieur. C'est l'instant où l'éternité pénètre le temps. Tout à l'heure, quand j'ai abattu votre mère sous vos yeux, j'ai accompli un holocauste. Et donc, à l'instant, à l'instant précis où vous avez vu votre génitrice mourir sous mes balles, vous avez échappé au temps. Souvenez-vous de ce que vous avez éprouvé, et vous verrez : je sais de quoi je parle. Il n'y avait alors plus de discours, parce qu'il n'y avait plus de cause à dévoiler, plus de conséquences à analyser. Les choses ont été, à cet instant précis, exactement ce qu'elles sont. Ne croyez pas que je sois inconscient. Je sais exactement ce que je fais. Je ne suis pas ici pour débattre, mais pour mettre un point final à un débat qui, de toute manière, ne pourrait rien apporter. Voilà ce qu'est la violence : le point final, l'instant où le discours est rendu parfait, et s'abolit donc enfin. La violence, c'est l'instant où ce qui est, est totalement. Alors il n'y a plus de noms à donner aux êtres. Et enfin, monsieur le baratineur, enfin, *vous fermez votre gueule.*

« Qu'est-ce, maintenant, que le spectacle, cher monsieur ? Eh bien c'est exactement l'inverse. C'est l'instant où le temps pénètre l'éternité. Vous avez joué dans beaucoup de films, n'est-ce pas ? Des films souvent très violents. Ces films ont contribué, cher monsieur, à ôter à la violence son sérieux. Pour cela, vous êtes jugé. Pour cela, vous êtes condamné.

« Le spectacle, c'est le fil du temps qui s'érige en éternité. C'est le nom qu'on donne à ce qui n'en a pas. C'est le processus par lequel on prétend nommer ce qui ne peut pas l'être. Mais le nom qui peut être nommé n'est pas le nom pour toujours. Le spectacle est mensonge.

« Je me souviens avoir vu un film où vous mouriez. Et pourtant vous êtes là, devant moi, bien vivant. Qu'est-ce que c'est que cette plaisanterie ? Croyez-vous qu'on puisse rire avec le fait de tuer ? Combien de jeunes gens avez-vous perverti, en leur laissant croire que le temps pouvait se mêler à l'éternité, et l'englober, au lieu d'être englobé par elle ?

« Menteur. Vous êtes un menteur. Je vous accuse d'avoir fait oublier aux hommes qu'ils allaient mourir. Je vous accuse d'avoir fait oublier aux hommes qu'il y avait quelque chose de sérieux à quoi se préparer. Je vous accuse d'avoir dit aux hommes qu'il n'y a pas de croix à la fin. Je vous accuse d'avoir mis dans la bouche des hommes les noms fallacieux de ce qu'ils devraient s'abstenir de nommer, car il est un nom que nul ne peut connaître. Je vous accuse d'avoir banni les hommes de l'éternité.

« Et pour cela, je vous accuse encore de faire partie d'un ordre que j'exècre. Et parce que je vais détruire cet ordre, j'ôterai de votre bouche les noms que vous avez donnés. Je vais, moi, vous offrir ce que vous avez refusé aux hommes. Je vais vous offrir la conscience de l'éternité. Je vais livrer votre chair à la destruction, mais d'abord, je vais vous faire contempler la destruction de la chair de votre chair. Afin que l'esprit soit sauvé. »

J'ai parlé ainsi, ou à peu près. Après quoi, l'Elu m'a regardé longuement, bouche bée. Il était, je crois, si stupéfait qu'il en oubliait sa douleur. Puis, après un long silence, il m'a dit, d'une voix faible : « Mais qui êtes-vous ? »

Parce que je savais qu'il allait mourir, j'ai estimé qu'il méritait de savoir à qui il avait affaire.

Je lui ai dit : « Je suis la colère de Dieu. »

Après quoi je fis signe à Goldorak2, et il plaça une balle dans la jambe du jeune Donatien. L'enfant cria, mais Goldorak2 ne sembla pas l'entendre. Entièrement habité par l'esprit supérieur que mon prêche avait fait souffler sur le groupe, parfaitement conscient de l'importance de notre travail, en bon ouvrier consciencieux, il logea un second projectile dans l'autre jambe de l'enfant.

Casimir5 dégaina son arme et tira dans le bras gauche du jeune garçon. Puis il fit quelques pas, pour dégager son angle de tir, et déchargea à nouveau son Python 357, cette fois dans le bras droit. L'enfant ne criait plus. Il semblait plonger en catalepsie. Je m'approchai et le saisit par la crinière. Il était léger comme une plume.

Puis, lentement, j'approchai l'extrémité de mon silencieux du front du jeune garçon, et plongeait mes yeux dans ceux du père.

« L'éternité, » lui dis-je, « pénètre le temps ».

J'ai pressé la détente, et le crâne de l'enfant a explosé. Des bouts de cervelles furent projetés sur la visière de mon casque de moto.

Je laissai tomber la dépouille et, après avoir tiré un mouchoir de ma poche, je nettoyai méticuleusement cette visière souillée.

Le père, l'Elu, me regardait, avec au fond des yeux une expression d'horreur parfaite. Puis son regard s'abaissa, et je vis qu'un torrent de larmes envahissait son visage. Il contempla un moment le cadavre désarticulé de son fils, puis il me regarda à nouveau et implora : « Tuez-moi ».

Je dis : « Heureux qui saisit tes enfants, et les écrase sur le roc. »

Il répéta, d'une voix morne : « Tuez-moi ».

Alors je vis que l'amour avait banni la crainte, et je sus que notre mission s'achevait sur une victoire totale.

J'ai levé lentement mon arme vers la face endeuillée de l'Elu. Je lui ai dit la phrase que je dis toujours, dans ces cas-là : « Sa miséricorde dure à toujours. »

Puis j'ai pressé la détente.

Hier

Hier, nous avons frappé très fort, au Siècle. J'aurais évidemment pu commencer par là. Mais il m'a semblé que cette équipée, en compagnie de Goldorak2 et de Casimir5, était un bon point de départ pour expliquer notre projet. Ce fut, à mon avis, notre mission la plus achevée. La seule, à vrai dire, où j'eus l'impression réconfortante d'avoir fait un sans faute.

Cela dit, je pourrai aussi parler du projet de Sankukai1. Bien que je n'aie pas approuvé tous les arrière-plans politiques de l'opération, je dois reconnaître que sur le plan de l'exécution, ce fut un chef d'œuvre.

Après avoir prélevé l'impôt révolutionnaire chez l'Elu, nous sommes repartis à bécanes, avec Goldorak2 et Casimir5. Dans la forêt de Rambouillet, nous avons fait le partage. J'ai gardé le liquide en expliquant que c'était pour financer Sankukai1. Goldorak2 et Casimir5 se sont réparti les lingots. Puis nous avons largué nos motos volées en ordre dispersé, dans Paris, après avoir remis en place les plaques d'origine. Et nous sommes rentrés en métro, chacun de son côté. J'avais un blouson réversible, comme il se doit, et c'est donc une silhouette relativement peu reconnaissable que les caméras de sécurité ont captée, un peu partout, lors de mon trajet de retour.

Chez moi, place de la Nation, je me suis fait un café très fort, puis j'ai fait le compte exact du butin. Exactement 207 300 euros. De quoi voir venir. Merci à l'Elu, à la Suisse (ou à Jersey) et au fisc français, sans lequel jamais notre victime n'aurait eu l'idée saugrenue de conserver chez elle une somme aussi rondelette.

J'ai décidé de conserver 27 300 euros pour mes frais personnels. J'ai mis 150 000 euros dans un sac de sport, pour Sankukai1. Puis je suis parti, avec 30 000 euros dans une enveloppe et l'enveloppe dans ma poche, direction l'avenue du Trône.

Je me suis posté devant l'entrée de l'immeuble où habitait Maryse, puis j'ai attendu. Au bout de quelques minutes à battre le pavé, quelqu'un est sorti. Je me suis approché et je suis entré dans l'immeuble, profitant de la porte ouverte. Puis je me suis dirigé vers le mur aux boîtes aux lettres. J'ai glissé l'enveloppe avec l'argent dans la boîte de Maryse. Sur l'enveloppe, j'avais écrit : « Pour réparer une erreur, un bienfaiteur qui préfère rester anonyme ».

Puis je suis allé prendre un café, place de la Nation, sous les colonnes. Je me souviens qu'il pleuvait et que j'étais heureux.

*

Je suis repassé chez moi pour prendre le sac de sport. J'avais rendez-vous avec Sankukai1 devant la gare de Lyon, à onze heures. Quand je suis arrivé, il m'attendait, assis à une terrasse, les mains dans les poches de son blouson, la cagoule remontée sur la tête. Je me suis installé à côté de lui, et j'ai posé le sac sur la table.

Il m'a dit merci, m'a donné rendez-vous pour six mois plus tard, puis s'est levé, le sac en bandoulière. J'ai repris un café, et j'ai regardé la pluie tomber.

Sankukai1 avait un compte à régler avec une bande de racailles qui avait pourri la vie de sa famille, quelque part en banlieue. Je ne savais pas exactement ce qu'il avait en tête, mais je sentais le gars déterminé.

Alors je l'ai financé, et j'ai observé.

Il ne m'a pas déçu.

J'éprouve des sentiments mélangés à l'égard de ceux que l'on appelle vulgairement les racailles. Je résumerais ma position par une métaphore biblique : Israël a péché, Israël doit être châtié. L'instrument du châtiment est l'Assyrien, verge de la colère divine.

L'Assyrien est positif : par lui, le peuple qui a fauté reçoit le prix de son égarement.

Mais voilà : l'Assyrien n'en juge pas ainsi. Il se croit roi, alors qu'il n'est que serviteur. Il s'imagine qu'il est le vigneron, alors qu'il n'est que le sécateur dans la main du vigneron. Et il se met à tailler la vigne à sa convenance.

Alors, lui aussi est pécheur. Lui aussi doit être châtié.

Le racaille, au fond, c'est assez dialectique.

D'un côté, il est l'instrument d'une remise à zéro des compteurs. Grâce à lui, le peuple qui s'est éloigné de la vertu s'en prend plein la gueule, et c'est bien. Rien ne me fait plus plaisir que de voir un petit-bourgeois occidental racketté à mort par un racaille. Je trouve que c'est, passez-moi l'expression, bien fait pour sa gueule.

Notez bien que je ne m'exempte pas du châtiment. En tant que sale petit bourgeois occidental, il est naturel que moi aussi, j'en prenne plein la gueule. C'est le prix de la cohérence retrouvée de mon monde, et j'en ai conscience.

On pourrait définir le petit bourgeois occidental comme un type qui profite de la prédation exercée par ses ancêtres, lesquels avaient de la tripe à revendre, tout en affectant de ne pas être un prédateur, puisqu'il revendique le fait de ne plus avoir de tripes. Ou pour le dire plus simplement : une couille-molle qui dissimule son statut de privilégié derrière le constat masochiste de son incapacité à l'exercer durablement. Bref, un minable doublé d'un parasite. Il est parfaitement légitime que cet étron à forme (vaguement) humaine se fasse défoncer la gueule par tout un chacun.

D'un autre côté, le racaille me répugne parce que, à l'image de l'Assyrien biblique, il prétend déterminer sur qui il doit exercer sa vengeance, et en outre il choisit pour victimes de préférence ceux qui, au fond, ne sont pas *vraiment* des petits bourgeois occidentaux. J'aurais beaucoup de respect pour des racailles lucides, politiquement conscients, capables de se mobiliser afin d'aller *bolosser à mort* les bourgeois des beaux quartiers. Ce serait une belle chose, et je ne désespère pas, au demeurant, de la voir un jour accomplie – non que les racailles puissent atteindre à la conscience politique, mais parce qu'il semble logique qu'une fois les banlieues radicalement pillées, ils tournent leur violence vers les seules zones encore solvables, soit précisément les beaux quartiers.

Mais en attendant, le racaille me fait l'effet d'un sous-petit bourgeois occidental, ni plus ni moins, et cela me gâche le plaisir que j'éprouve à voir les petits bourgeois occidentaux s'en prendre plein la gueule.

Constat désolant : une fois de plus, le petit bourgeois occidental s'en sort à peu près indemne, et c'est le prolo qui déguste. Vous me permettrez d'avoir approuvé Sankukai1, le jour où il décida de remédier partiellement à cette injustice criante.

*

J'avais quelques doutes sur la faisabilité du projet. À mon avis, les meilleurs plans sont les plus simples. Le prototype de l'opération intelligente est ce que nous avions fait, la veille au soir, chez l'Elu. Pas de complication, un plan d'action linéaire et direct, une violence totale déployée immédiatement après le passage à l'acte, et aucun témoin vivant pour raconter ce qu'il a vu. Voilà ce qui fonctionne le mieux, voilà ce qu'il faut faire : anonymat des participants, unité de temps, aucune stabilité, aucune durabilité. Le fait de violence doit être court, même si sa préparation peut être, parfois, fort longue.

Le plan de Sankukai1, par opposition, était exagérément complexe.

Il voulait *créer l'embrouille* entre les habitants d'un quartier très huppé et une bande de racailles, afin que les racailles s'en prennent aux riches, que la police les remette à leur place, et que donc tous les coupables morflent : les riches, parce qu'ils avaient laissé les pauvres, depuis des années, se faire molester par les racailles ; et les racailles, parce qu'ils avaient molesté les pauvres. Projet on ne peut plus louable, mais dont la complexité me laissait songeur.

La première phase de son plan consistait à se faire passer pour un dealer des beaux quartiers. Il devait prendre contact avec certains trafiquants résidant à proximité de son ancien domicile familial, se présenter comme un client capable d'acheter en gros, et faire affaire. Bien entendu, il avait au préalable pris la précaution de se loger, sous une identité d'emprunt, dans le quartier sur lequel il espérait déchaîner la fureur des Assyriens.

Pour tout cela, il avait besoin d'argent. Mais désormais, il en avait.

Il commença par louer un appartement dans la plus belle rue du plus beau quartier de sa banlieue, ce qui ne posait évidemment aucun problème sérieux.

Se loger sous une fausse identité est étonnamment simple. Vous devez fournir une photocopie de votre pièce d'identité (carte d'identité, passeport), ce qui veut dire qu'il est enfantin de fabriquer un faux (rien de plus facile à falsifier qu'une photocopie de carte d'identité), vos trois derniers bulletins de salaire (inventez-vous un passé de salarié en Moldavie) et un justificatif de domicile pour le garant, histoire d'inspirer confiance (falsifiez une copie de quittance EDF).

Vous louez de particulier à particulier, et comme il est probable que votre loueur ne vérifiera pas l'exactitude des pièces, c'est dans la poche. Vous avez un domicile sous un faux nom.

Pour le paiement des loyers, c'est un peu plus délicat. Si votre propriétaire refuse le liquide, le plus simple est d'ouvrir un compte bancaire offshore par correspondance, avec Internet c'est très facile. Voilà, le tour est joué. À noter que la solution n'est pas durable. Ça, c'est juste pour une adresse que vous utiliserez quelques semaines, trois mois au plus. Il ne faut pas rêver : vous avez fourni des pièces bidon, et tôt ou tard, quelqu'un risque de s'en apercevoir.

Une fois installé, vous jouez profil bas. Vous ne vous faites pas repérer. Vous respectez les limitations de vitesse. Vous ne fumez pas dans les lieux publics. Vous êtes poli avec votre concierge. Le locataire idéal. L'homme sans problème. Sans histoire. Lisse. Incolore, inodore et sans saveur.

Revenons à Sankukai1. Une fois logé, le camarade entreprit de prendre contact avec des dealers. Je ne sais pas comment il a fait, je suppose qu'ayant grandi dans leur quartier, il avait les noms. Il savait qui approcher, en se réclamant de qui. Mystère de la pègre.

Sankukai1 a fait savoir qu'il était prêt à prendre pour 100 000 euros. Histoire d'inspirer confiance.

Première transaction sans histoire. Il achète, et disparaît. Bien entendu, ses fournisseurs cherchent à le loger. Il s'arrange pour laisser derrière lui autant de traces que le petit poucet. C'est l'époque où on le voit traîner souvent dans une boîte de nuit huppée des environs, une boîte fréquentée par le gratin et le demi-gratin local.

Une boîte où, notoirement, ça *deale*.

Une boîte aussi où il ne fait que consommer, mais ça, ses fournisseurs ne peuvent pas le savoir…

À la deuxième livraison, Sankukai1 paye à nouveau *cash*. Seulement, cette fois, il ne règle plus *en liquide*. Il paye en balles de Zastava M76, un fusil de sniper. De l'avantage d'être un tireur entraîné, d'avoir l'effet de surprise et de ne pas réellement convoiter la came.

Sankukai1 ne parvient pas à voler la drogue, mais ce n'était pas son objectif. Il a abattu deux de ses fournisseurs, avant de prendre la fuite. Comme s'il y avait eu une équipe sur place. Comme si cette équipe avait voulu abattre les dealers, et s'emparer de la marchandise. Comme si quelque chose n'avait pas marché comme prévu.

Sauf que tout avait marché comme prévu.

Sankukai1 ne voulait pas la drogue. Il voulait faire croire qu'il voulait la drogue.

Puis il a disparu sans laisser de traces. La phase 1 était terminée.

*

Sankukai1 a attendu quelques jours, après cette tuerie ma foi fort sympathique.

Le temps pour ses fournisseurs d'aller demander des comptes au patron d'une certaine boîte de nuit huppée. Le temps pour ce gars-là de leur répondre qu'il n'était au courant de rien. Le temps pour ses fournisseurs de s'énerver pour de bon.

Puis, Sankukai1 passe à la phase 2. La partie plaisante de l'opération. Après l'effort, le réconfort, toujours.

Notre *lifestyle*, vous dis-je.

D'abord, Sankukai1 tue un des associés du gars qui tient la boîte huppée. À la papa : le gars rentre chez lui, Sanku l'attend, planqué derrière un arbre. Boum, boum et re-boum. Trois balles dans le buffet, ça guérit la toux.

Pour la note ethnique, histoire de contribuer à l'ambiance, il égorge le gars avant de partir.

Ce sont les détails qui vendent une histoire, ne jamais l'oublier quand on fait dans la mise en scène.

Ensuite, l'ami Sanku s'éclate. Petite virée nocturne dans son ancien quartier. Ni vu ni connu : il faut connaître les raccourcis, mais il les connaît. Et là, il s'occupe du cas d'un caïd local. Boum, boum et re-boum : trois balles dans le buffet, même motif, même punition. Egorgement dans la foulée, comme s'il s'agissait d'une *réponse*.

Je ne suis pas au courant de tous les détails, ensuite. Je sais que ça a beaucoup saigné, et que ni les flics, ni les dealers, ni les truands chargés d'agrémenter la vie de la bonne bourgeoisie, personne n'a rien compris.

Quand Sankukai1 m'en a reparlé, six mois plus tard, devant une bière, je me souviens juste que j'ai beaucoup aimé deux histoires. Celle de la bonne bourgeoise égorgée et sodomisée avec une bouteille de champagne, et celle du caïd de banlieue retrouvé avec ses couilles dans la bouche et un balai dans un endroit que vous imaginez. Merveilleuse symétrie de la loi du Talion, beauté des enchaînements inextricables de la vengeance, que la branche pourrie serve à abattre la branche pourrie.

Après l'effort, le réconfort. Et en l'occurrence, le gars Sanku s'est payé beaucoup de réconfort, contre finalement peu d'effort. Aux dernières nouvelles, dans cette banlieue, les bons bourgeois n'osent plus sortir la nuit et les caïds passent leur temps à se faire coffrer par des flics qui, pour une fois, ont consigne de remettre de l'ordre.

Comme quoi, un plan compliqué mais bien exécuté, ça marche.

À l'instant

À l'instant, je vous parlais de Maryse. Je me rends compte maintenant que c'est par là que j'aurais dû commencer.

Le commissaire Janin risque de mal comprendre mon propos si, pour commencer, je ne lui explique pas pourquoi j'ai fait ce que j'ai fait. Après tout, c'est un brave homme. Il n'approuve pas forcément le fait de tuer un fils devant son père. En homme d'ordre, il doit désapprouver foncièrement le fait qu'une bonne bourgeoise soit violée de manière ignominieuse. Je réalise mon erreur. Il est temps d'expliquer le pourquoi des choses.

Maryse était la secrétaire de mon service, quand je travaillais chez Cogantec-Dupont. C'était une collaboratrice professionnellement exemplaire. Elle était entrée dans la boîte à la fin des années 80, et pendant près de vingt ans, elle avait donné entière satisfaction. Elle a fait partie de la charrette, en 2008, quand nous avons été rachetés par notre concurrent américain.

Ce fut une affaire répugnante.

Nous étions spécialisés dans l'ingénierie de production. Je vous passerai les détails techniques, de toute manière, cela n'a aucune importance. Notre travail était d'assurer les « retrofits », les remises à niveau technique, si vous voulez, ainsi que toutes sortes d'opérations de maintenance et d'adaptation sur les matériels utilisés dans l'industrie chimique. C'était une petite boîte, mais compétitive et dynamique. Le genre de petit poisson rapide qui arrive, parfois, à grignoter les gros. Nous vivions cette expérience comme quelque chose d'assez motivant. Nous étions des nomades, capables de survivre dans un environnement entièrement mondialisé, et nous en tirions une certaine forme de satisfaction, je ne le nierai pas.

Malheureusement, la crise de 2007 nous a lourdement impactés. Du jour au lendemain, nos clients ont vu leur taux d'utilisation des capacités chuter dans des proportions dramatiques. Dans ces conditions, il est devenu beaucoup moins important pour ces clients de faire réviser et améliorer leur outil de production. Et nos carnets de commande ont commencé à fondre comme neige au soleil.

Nous nous en sommes sortis pendant quelques mois grâce à notre excellente technicité, et en cassant les prix. Mais je réalise aujourd'hui que nous ne pouvions que différer les échéances. Un ingénieur chinois coûte 400 euros par mois. Même si les ingénieurs français sont bien meilleurs, comment lutter ?

J'ai dû accepter des missions de plus en plus ric-rac en termes de délais, pour une rémunération de plus en plus basse. Malgré tout, je ne me plaignais pas, me rendant bien compte que notre patron ne pouvait pas tellement faire autre chose que nous demander sans cesse de nouveaux efforts. Je me suis retrouvé au Mexique à réparer une machine en trois jours, là où il aurait fallu trois semaines. J'ai travaillé jour et nuit et déployé des trésors d'inventivité, mais j'y suis parvenu.

On m'a envoyé en Inde pour réparer un compresseur. Ces imbéciles avaient neutralisé la protection antiradiation autour du capteur de niveau, lequel incorporait entre autres du cobalt. Je me suis retrouvé au milieu des intouchables, qui marchaient pieds nus dans l'usine, zigzagant entre les flaques d'acide, exposés sans protection à des doses de radiation potentiellement mortelles. J'ai accepté la mission parce que je tenais à mon boulot. Et j'ai prié pour que ça ne se termine pas, dans quelques années, par un cancer de derrière les fagots. Moi, l'occidental, qui bidouillait un matériel mal entretenu pour le faire durer quelques mois de plus, au milieu des intouchables, indifférents à tout, morts parmi les vivants.

Si je vous racontais ce que j'ai vu, lors de certaines missions en Inde, en Afrique, ou encore en Thaïlande, je pense que vos cheveux deviendraient gris. On n'imagine pas, quand on vit en Occident, ce que veut dire le mot « misère », dans les pays où il a un sens. À Bombay, j'ai vu des dentistes de rue opérer leurs patients sans anesthésie, avec des instruments non stérilisés, au milieu d'une cohue qui ferait passer Barbès pour un endroit paisible. Imaginez simplement ce que peut vouloir dire une rage de dents, dans une ville comme Bombay. Imaginez.

Tenez, une chose qui me fait bien marrer, c'est la complainte de nos racailles, pour en revenir à eux. Je vais vous dire : ce qu'il faudrait faire, pour les calmer, ce serait les envoyer passer un an en Inde, dans la peau d'un intouchable. Alors là, croyez-moi, ça les calmerait.

Voilà pourquoi j'ai trouvé que Sankukai1 avait bien raison. Je voudrais ici demander au commissaire Janin : franchement, quand on pense à ce que font ces types dans la vie, à la manière dont ils se plaignent, et à ce qui se passe en ce moment même dans une ville comme Bombay, Sankukai1 a-t-il tort de penser qu'il est temps de remettre de l'ordre dans notre maison ?

Pour ma part, je ne pense pas qu'il ait tort.

Sa méthode est un peu brutale, j'en conviens. Mais elle est parfaitement adaptée à la situation. À vrai dire, je la trouve encore presque trop douce. Mettez-vous à ma place : quand on a vu les intouchables marcher pieds nus dans une installation chimique, on ne va pas pleurer pour quelques trafiquants de drogue passés de vie à trépas.

Et puis, dans ces pays, ce que j'ai vu aussi, c'est comment les riches traitent les pauvres. Je veux dire : comment les vrais riches traitent les vrais pauvres.

C'est incroyable. Pour nous, occidentaux, en tout cas, c'est incroyable. Le mépris d'un riche, issu d'une caste supérieure, pour un pauvre, intouchable ou quelque chose d'approchant, en Inde.

Inouï.

L'autre est un animal. Moins qu'un animal. Il n'a pas plus de valeur qu'un objet. La violence physique envers les inférieurs sociaux est là-bas chose relativement courante, tout à fait tolérée en tout cas. Bien sûr, si on s'en tient aux textes légaux, il n'en est rien. Mais croyez-moi, la réalité est tout à fait différente de la fiction légale.

Vous me direz : chez nous, c'était comme cela il n'y a pas si longtemps. Je vous répondrai : certes, mais est-ce une raison pour revenir en arrière ? Une amie américaine, rencontrée lors d'une mission au Tennessee, me disait une fois : « Ce que les européens ne comprennent pas, à propos du vieux Sud esclavagiste, c'est que le fait de frapper sa bonne noire n'était pas vu comme choquant, parce qu'à cette époque, il n'était pas rare qu'un maître frappe son valet. » Je lui ai dit que je trouvais choquant qu'un maître frappe son valet. Elle m'a dit qu'aujourd'hui, c'était choquant, mais pas à l'époque.

Je trouve cela bien que nous ayons évolué sur ce point.

Mes voyages en Inde, en Afrique, en Amérique Latine, m'ont ouvert l'esprit. Ils m'ont fait réfléchir sur la nature du monde dans lequel je vis. Ils m'ont aussi donné à penser sur le projet de nos classes supérieures.

Et à présent, commissaire Janin, je vais vous expliquer pourquoi je trouve relativement moral qu'une bourgeoise BCBG cocaïnomane se prenne sa bouteille de champagne *où je pense*.

Une chose très frappante, en Inde, c'est : comment les distinctions de caste sont insensiblement en train de se transformer en distinctions de classe. J'ai remarqué une chose troublante : dans des restaurants, j'ai vu des intouchables enrichis (ça existe) servis comme s'ils appartenaient aux castes supérieures. Et j'ai vu ces mêmes intouchables enrichis témoigner, à l'égard des intouchables restés pauvres, d'un mépris à peine moins ostentatoire que celui dont peuvent faire preuve les brahmanes les plus élevés.

Cela m'a donné à réfléchir.

Si, en effet, la société indienne, inégalitaire et violente, converge vers le modèle occidental de la société de classes, sans pour autant cesser d'être inégalitaire et violente ; alors que dire de l'évolution de la société occidentale ? N'est-elle pas en train de converger, de son côté, vers la même oppression ?

Croyez-moi, commissaire Janin. Quand on a vu les intouchables marcher pieds nus dans une usine, et quand on entend son patron vous expliquer que voilà, c'est comme ça, nous sommes maintenant sur le même marché que les Indiens, on se met à penser très fort.

Et quand on comprend ça, quand on rentre à Paris après s'être fait copieusement irradié, quand on reçoit un salaire mensuel de 2 500 euros pour solde de tout compte, et encore on doit être bien content parce qu'un ingénieur chinois coûterait six fois moins cher…

Eh bien là, commissaire, on commence à se dire qu'il serait temps de remettre les pendules à l'heure.

*

Mais bref. Je vous parlais de Maryse.

Quand je suis revenu d'Inde, où j'avais vu ce que j'avais vu, j'en ai parlé à mon patron. Il m'a dit : « Mon petit vieux, il faut vous endurcir. Il n'y a plus de pitié à attendre. Autant vous y préparer : vous n'avez pas fini de vous faire irradier, vous n'avez pas fini de voir des types marcher pieds nus au milieu des flaques d'acide. Estimez-vous heureux d'avoir une paire de chaussures. »

Mon patron avait suivi des cours sur le team building et les techniques de motivation, comme vous le voyez.

Nous nous sommes battus pendant plusieurs mois comme des chiffonniers, malgré la baisse de l'activité. Nous surnagions tout juste. Un de mes collègues a été viré parce qu'il avait refusé une mission au Brésil. Il savait que c'était une mission impossible, de toute manière. Du genre : comment transformer un moulin à café en ordinateur quantique. Ça a suffi : insuffisance professionnelle, faute grave, éjecté. Vu que la boîte n'avait plus un fifrelin, éjecté sans indemnités, qui plus est.

Et le regard de mon patron quand il nous a annoncé que le collègue était viré. Tout à fait le regard d'un brahmane pour un intouchable.

Et moi, pendant ce temps-là, je réfléchissais.

Pour éviter de devenir fou, je me suis plongé dans le travail. J'ai accepté des missions de plus en plus dures, avec des budgets de plus en plus sous-dimensionnés. J'ai constamment inventé des solutions miracles pour faire plus avec moins. J'ai récupéré des pièces sur des machines d'un type donné pour retaper des machines d'un autre type. J'ai bidouillé des matériels de manière si inventive qu'un système conçu pour faire une chose servait en même temps à en faire une autre. Ce n'était plus de la maintenance industrielle, c'était de l'art surréaliste. J'ai fini par perdre complètement la notion du temps. Je sautais d'un fuseau horaire à l'autre. Je ne savais pas où je dormirais la semaine suivante. L'Argentine, la Turquie ou le Japon ?

Je n'étais presque plus jamais à la maison. Toujours entre deux avions. Je me suis retrouvé à rouler au hasard, dans les faubourgs de Ciudad Juarez, une ville mexicaine plus dangereuse que Bagdad en pleine guerre du Golfe, complètement paumé, avec une seule idée : sortir de cet enfer avant de tomber en panne d'essence. J'ai galéré deux heures dans un aéroport de Moscou à la recherche d'un taxi proposant un prix raisonnable, c'est-à-dire un taxi non tenu par la mafia, et j'ai raté mon avion, qui partait d'un autre aéroport. Et la boîte m'en a tenu rigueur, parce que le client s'est plaint, parce que je suis arrivé en retard. J'avais l'impression que tous les maffieux du monde s'étaient donné le mot pour qu'il me soit impossible de faire mon travail, et cela au moment précis où la moindre faute pouvait me valoir le chômage.

Quand je rentrais chez moi, Christine, ma femme, me regardait d'un drôle d'air. Elle me trouvait fatigué. Elle disait que j'avais mauvaise mine. Elle se plaignait que je ne sois jamais là pour l'aider, avec les enfants, avec le ménage. Non mais, vous imaginez ? Vous avez passé votre semaine à réussir l'impossible dans une usine nigériane, vous avez dormi dans un hôtel qui, chez nous, ne pourrait même pas servir d'étable à cochons, vous avez été obligé de payer un bakchich (non remboursé par la boîte) pour que le fonctionnaire africain vous laisse prendre votre avion, et quand vous rentrez à la maison, bobonne vous engueule parce que vous ne participez pas au *partage des tâches ménagères.*

Franchement, est-il étonnant, commissaire Janin, que l'homme blanc occidental soit en train de *péter les plombs* ?

*

Et voilà, je parle de moi, toujours de moi, encore de moi.

Excusez-moi.

C'est que j'en ai tant vu, que je n'arrive plus à ordonner mes idées.

Maryse.

C'est d'elle que je vous parlais.

En 2009, nous sommes arrivés au point de rupture. Nous avions beau déployer des trésors d'ingéniosité, bosser pour des salaires au rabais et accepter des horaires qui feraient passer le Goulag pour un camp de vacances, nous étions au bord de la faillite. Et un beau jour, nous avons appris que notre boîte était rachetée par un concurrent américain, lequel, lui-même, était au bord de la déroute.

Les Américains nous ont rachetés, soit dit en passant, parce que notre direction a décidé qu'en somme, si quelqu'un devait s'endetter pour continuer à faire tourner une entreprise structurellement déficitaire, il valait mieux que ce soit eux, les Américains, qui s'y collent.

Ensuite, notre patron est parti avec un joli *golden parachute*, dûment versé par le repreneur. Cela m'a fait penser aux trente deniers de Judas. Je pense, commissaire Janin, que vous comprenez ce que je veux dire.

Puis une nouvelle direction s'est installée, et la vie, qui était déjà dure, est devenue tout simplement impossible.

Il n'y pas eu de plan social annoncé. Pour réduire les effectifs, la nouvelle direction a multiplié les « fautes professionnelles », en plaçant les salariés dans une situation telle, qu'ils étaient obligés d'en commettre. Un collègue a été viré parce qu'il avait expliqué à un client qu'une machine n'était pas réparable. Ce qui était l'exacte vérité, mais peu importait : insuffisance professionnelle, faute grave, dehors, pas d'indemnités. Un autre collègue a été éjecté parce qu'il avait dû se faire évacuer d'urgence : appendicite, ne voulait pas se faire opérer en Egypte. Absence injustifiée, faute grave, pas d'indemnités. Ce n'était plus de la *gestion des ressources humaines*, c'était du darwinisme social. Malheur aux malades, malheur aux gens trop consciencieux pour mentir à un client, malheur aux malchanceux. Pas de pitié. Soyez content, vous ne marchez pas encore pieds nus dans les flaques d'acide.

Moi, je m'en sortais parce que j'aimais profondément mon métier. J'ai toujours adoré l'idée d'avoir un projet à conduire. Et plus le projet est difficile, plus le défi est périlleux, plus je m'épanouis.

En l'occurrence, j'étais servi.

C'est l'affaire de Maryse qui m'a ouvert les yeux.

Bien qu'elle eût passé le cap de la quarantaine, Maryse restait une jolie femme. Le genre petite blonde aux grands yeux bleus, avec un visage un peu poupon. Un soir où j'étais au bureau, entre deux missions, elle a débarqué chez moi. Elle avait les larmes aux yeux.

Je lui ai demandé ce qui se passait. Elle m'a expliqué que l'adjoint au directeur s'était permis de lui mettre la main aux fesses. Elle l'avait giflé.

Je lui ai dit que c'était scandaleux de la part de l'adjoint au directeur, qu'elle avait eu raison de répondre comme elle l'avait fait. Le type, dont je préfère avoir oublié le nom, lui avait dit qu'il la ferait virer.

Je lui ai conseillé de s'adresser au syndicat.

Elle m'a dit, soudain, tout à trac : « Si nous avions encore des vrais hommes dans ce pays, vous iriez lui casser la gueule. »

Je lui ai fait remarquer que ça ne règlerait pas nos problèmes. Elle se ferait virer, et moi avec.

« Oui, » me répondit-elle, « mais il aurait la gueule cassée. »

Sur le moment, je n'ai pas su quoi répondre. Nous avions sympathisé avec Maryse. Elle habitait près de chez moi. À l'époque, je vivais avec Christine, à Bastille. De là à casser la gueule à mon patron pour ses beaux yeux, il y avait des limites.

Evidemment, si la même situation se reproduisait aujourd'hui, ce type se retrouverait à la morgue le lendemain.

Mais en ce temps-là, je n'avais pas encore trouvé la porte de la liberté. Je croyais encore que la violence était une mauvaise chose. J'étais du genre à faire confiance aux lois de mon pays, si vous voulez.

Un imbécile, en somme.

Bref, je n'ai rien fait.

Quelques jours plus tard, Maryse s'est fait virer pour insuffisance professionnelle. Une sombre histoire de dossiers égarés, et puis des retards de dix minutes le matin. Dehors. Pas d'indemnités. Fautes graves répétées.

C'est en rentrant d'une mission en Russie que j'ai appris pour Maryse. J'avais bien aimé cette mission. La première éclaircie dans mon paysage, depuis bien longtemps. Pour une fois, j'avais eu affaire à des gens relativement humains. Quand on s'est habitué aux usines chinoises et indiennes, ça surprend.

Et là, soudain, Maryse virée parce qu'elle ne voulait pas coucher…

Je me suis dit, textuellement : « En somme, tes patrons regardent leurs employés comme des putes. »

Puis j'ai pensé, après un moment d'hésitation : « Donc, si tu continues à leur obéir, c'est que tu es une pute. Une *bonne gagneuse*. »

J'ai franchi une porte, à ce moment-là.

Je ne l'ai pas su sur le moment, mais c'était la porte de la liberté.

Et du meurtre aussi.

Il y a quelques années

Il y a quelques années, la simple idée de donner une gifle à quelqu'un m'aurait fait reculer. J'étais, sans exagérer, l'homme le plus pacifique, le plus doux, le moins violent du monde. Je me rends compte, en relisant le chapitre que je viens d'écrire, que je n'ai pas assez souligné cet aspect des choses. Le commissaire Janin ne peut pas vraiment comprendre mon parcours, si je ne parle pas aussi de moi en tant qu'homme privé.

Donc, et bien que cela me coûte de m'exposer ainsi, je dois parler de ma vie de famille.

J'ai rencontré Christine en 2002, lors d'une soirée chez des amis.

Sur le moment, j'ai cru que c'était un flirt sans lendemain. C'était une assez jolie femme. Elle me plaisait physiquement, ça n'allait pas plus loin.

Puis elle est tombée enceinte et m'a demandé d'assumer. J'ai accepté, et nous nous sommes mariés sans que je l'aie vraiment décidé. Nicolas est né quelques mois plus tard, Sophie a suivi en 2005.

Je n'ai pas grand-chose à raconter sur Christine. J'ai vécu huit ans avec elle, et au fond, je ne sais rien d'elle. Je crois qu'en huit années de vie commune, nous n'avons jamais eu une seule discussion sérieuse. Elle ne s'intéressait ni à la politique, ni à l'art, ni à la religion, ni à la culture au sens large. Elle travaillait comme assistante dans le service marketing d'une grosse boîte. Je crois qu'elle s'occupait de préparer des revues de projets. Je n'ai jamais très bien compris en quoi ça consistait. En fait, j'ai parfois eu l'impression que ça consistait surtout en une vaste blague. Il m'a semblé, à plusieurs reprises, lorsqu'elle évoquait son travail, qu'elle m'avouait à demi-mots son problème : elle n'avait rien de sérieux à faire, et ne savait pas comment le dissimuler.

Elle gagnait un peu moins que moi avant 2007. Ensuite, au fur et à mesure que mes primes ont été rognées, elle s'est mise à gagner plus que moi. Nous vivons décidément dans un étrange système économique, où ceux qui sont payés à ne rien faire sont les seuls à ne pas pâtir d'une baisse d'activité. Etrange vraiment, que ce monde où ceux qui servent à quelque chose sont payés en fonction de ce qu'ils font, et les autres en fonction de ce qu'ils ne font pas.

Quand mes revenus ont commencé à diminuer, Christine m'a demandé si je ne pourrais pas changer de travail. Elle trouvait que je ne rapportais pas assez d'argent pour un père qui, de toute manière, ne l'aidait jamais à la maison. Elle ne se priva pas pour me le faire sentir. Je dois dire que je l'ai assez mal pris.

*

J'ai été licencié au deuxième trimestre 2009. Je m'y attendais : j'avais refusé une mission en Afrique du Sud. On me proposait un salaire quasiment équivalent au SMIC, pour réparer au bout du monde un matériel entretenu n'importe comment par une horde de demi-ingénieurs noirs issus de la discrimination positive. Faute grave, insuffisance professionnelle, dehors, pas d'indemnités.

J'ai touché le chômage, bien sûr. Et désormais, j'étais à la maison. Mais Christine n'était pas satisfaite. La première semaine, elle était contente que je l'aide, que j'emmène les enfants à l'école, que je fasse la cuisine. Mais dès la deuxième semaine, elle commença à me reprocher d'être « tout le temps dans ses pattes ». Comprenne qui peut.

Je n'ai pas tout de suite recherché du travail. J'avais besoin de faire le point. Toute ma vie, j'avais toujours eu des projets à conduire. D'abord pendant mes études, ensuite au boulot. J'avais toujours conduit mes projets de manière efficace, efficiente même. Je ne savais plus où j'en étais.

J'ai commencé à sombrer. D'abord, je ne m'en suis pas rendu compte. Je restais devant la télé tout l'après-midi. Je ne sortais presque plus de chez moi. Je me passais et je me repassais des matchs de foot, un paquet de chips et un pack de bières à portée de la main. Je traînais en jogging du matin au soir. Je ne me rasais plus. Je ne me lavais presque plus. Une épave. Ça s'est fait tout seul, sous le regard catastrophé de ma femme.

Je fuyais, mais je ne savais ni quoi, ni où.

Je fuyais, tout simplement.

Pendant trois mois, Christine m'a supporté. Je dois reconnaître qu'elle a fait des efforts. Puis elle m'a dit : « Ou tu cherches un travail, ou je retourne chez ma mère, avec les enfants. » Je lui ai répondu que je chercherais du travail, mais je n'en ai pas vraiment cherché. Je n'étais pas en état d'en chercher. Et ce que j'ai à reprocher à Christine, c'est ça : ne pas l'avoir compris. C'est là que j'ai réalisé que nous étions des étrangers l'un pour l'autre. Si elle avait vraiment été ma femme, elle aurait compris que je n'étais plus en état de faire quoi que ce soit, elle aurait senti qu'il fallait me laisser le temps de me reconstruire.

Peu à peu, alors que Christine me reprochait avec de plus en plus d'insistance de ne pas trouver de travail, j'ai compris que pour elle, je devais être quelque chose *d'utile*. Dans son esprit, je devais avoir un *projet* à réaliser, pour qu'elle en fasse la *revue*. D'une certaine manière, je crois qu'elle se voyait un peu comme ma chef. Prise de conscience, je dois le dire, extrêmement désagréable.

Et qui m'a encore plus donné envie de fuir.

En octobre, Christine m'a fait une véritable *scène*. Elle s'est mise à crier, devant les enfants, qui la regardaient avec de grands yeux effrayés. Elle m'a dit que j'étais un minable, que je devrais avoir honte de m'afficher ainsi, sale, pas rasé, devant les enfants. Que je finirais ivrogne.

Moi, je l'écoutais et je ne disais rien.

Je continuais à regarder un match de foot à la télé, comme si elle n'était pas là.

Alors, elle a fait ce qu'elle n'aurait pas dû faire. Elle a éteint la télé, d'autorité.

Je ne peux toujours pas expliquer ce qui s'est passé ensuite.

Même aujourd'hui, ça reste une énigme pour moi.

Je me suis levé, et je l'ai regardée. Je me sentais terriblement fatigué. J'avais bu trop de bières, et elle me donnait mal à la tête avec sa voix de crécelle.

J'ai eu une espèce de flash. Comme si, d'un seul coup, tout devenait étonnement simple, comme si, soudain, chaque objet dans la pièce était exactement ce qu'il était. Ni plus ni moins. Sans aucune charge affective. Sans aucune signification. Les choses ont été, pendant une fraction de seconde, absolument *là*.

J'ai giflé Christine.

À toute volée.

De toutes mes forces.

Elle est tombée sur le sol.

J'ai rallumé la télé et je me suis rassis.

Sans faire attention aux enfants, qui s'étaient mis à pleurer.

Soudain, ils m'étaient complètement indifférents.

Christine s'est relevée au bout de quelques secondes. Elle avait une joue écarlate et un peu de sang à la commissure des lèvres.

Elle m'a dit : « Casse-toi. »

Je lui ai répondu : « D'accord, à la fin du match. »

Puis j'ai monté le son de la télé.

Pour la première fois depuis des mois, je me sentais bien.

L'année dernière

L'année dernière, le divorce a été prononcé. À mes torts entiers. Christine a gardé l'appartement. Elle a aussi la garde des enfants, et mes droits de visite sont fort limités. À vrai dire, je m'en fiche. Je ne suis même pas allé à l'entretien de conciliation, et pas davantage au tribunal. Je n'ai aucune intention d'exercer mon droit de visite.

Quant aux pensions alimentaires, je ne les verse pas. Ce n'est pas que l'argent me manque, comme on le verra. Mais tout simplement, j'estime que je n'ai pas à payer pour des enfants qui n'ont jamais été les miens. Je n'éprouve rigoureusement aucun sentiment de filiation à leur égard. Ils ne m'intéressent pas.

Après le match, j'ai fait mon sac et je suis parti, sans embrasser les enfants. Je n'ai même pas dit au revoir à Christine. En refermant la porte de l'appartement familial, j'ai poussé un soupir de soulagement.

À présent, je me sentais libre de finir la phase de *démolition contrôlée*.

Un autre homme demandait à naître. Il suffisait d'achever l'ancien pour qu'il surgisse.

*

L'état dépressif est très difficile à décrire. Le constater est d'ailleurs devenu un poncif, tant il y a de dépressifs, qui ont tenté de dire leur malaise, et n'y sont pas parvenus. Notre société fabrique les dépressifs à la chaîne, et ces gens-là, tous, éprouvent d'immenses difficultés à cerner leur dépression.

J'habitais dans un studio minuscule, près de la Nation. Je voulais mettre quelques centaines de mètres entre Christine et moi, sans pour autant perdre toutes mes habitudes.

J'ai grossi. En trois mois, j'ai pris dix kilos. Cela me faisait drôle de toucher mon ventre, mou et rebondi à la fois. Une consistance de gélatine sous emballage plastique. Je ne bougeais presque plus. Assis devant la télé, ou à glander sur Internet. C'est à ce moment-là que j'ai découvert la Toile.

Parfois, j'éprouvais une sensation d'irréalité. À d'autres moments, tout devenait étonnamment réel. Et puis, à d'autres moments encore, les deux phénomènes se cumulaient. Il me semblait que j'étais irréel, au milieu d'une réalité parfaitement présente, tangible. Un pur esprit égaré dans la matière.

Le chômage payait encore mes besoins. J'avais calculé que le RMI, à condition d'être prudent, me ferait tenir quelques mois de plus. L'un dans l'autre, j'avais deux ans d'espérance de vie décente, avant de mordre le bitume à pleines dents. À tout prendre, vu mon état général, deux ans, c'était long. Je n'étais pas particulièrement inquiet. La probabilité que je me pende avant d'être sans domicile fixe me semblait largement supérieure à 0,5.

Je mangeais surtout des biscuits, des steaks hachés et des pommes de terre, tout cela acheté en demi-gros au Lidl du coin. Je crois que j'ai réussi l'exploit de me nourrir exclusivement de mauvaise viande, de mauvais biscuits et de patates pendant près de deux mois, non stop, avant de tomber par hasard sur une boîte de petits pois oubliée sur une étagère.

Je ne voyais pratiquement plus personne. Ma journée ordinaire commençait vers midi. Je prenais un steak haché et des patates, puis des biscuits. Puis je m'installais devant l'ordinateur et je glandais vaguement sur le web. J'ai créé au moins 600 pseudonymes différents, sur autant de forums. Le plus drôle, c'est que bien que ma vie sociale se fût réduite à rien, je me suis mis à collectionner les contacts virtuels à un rythme sidérant. J'ai fini avec un classeur Excel où s'entassaient la bagatelle de 3 800 courriels – tous les gens contactés via les forums, dans les espaces de messagerie privée, à travers face book et autres « plateformes communautaires ». Le point commun de tous ces gens, à quelques rares exceptions près, était d'être en gros dans le même état dépressif que moi, et souvent pour des raisons voisines.

Quelques heures par jour sur Internet, pendant quelques mois, suffisent à prendre la mesure de la détresse ambiante. Elle est tout simplement immense. Je pense qu'il doit y avoir en France quelque chose comme dix millions de paumés intégraux. Un bon 15 % de la population, à vue de nez.

La nouveauté, grâce au World Wide Web, c'est que désormais, les asociaux peuvent se constituer en société.

Les paranoïaques développent des relations de confiance.

Les autistes communiquent.

Les schizophrènes élaborent une synthèse.

Nous savions déjà que nous vivions une époque d'atomisation du lien social. Nous découvrons que les atomes peuvent se recombiner pour former des molécules jamais vues.

Vers huit heures du soir, je reprenais un steak, des patates et des biscuits. Puis vers minuit, re-belotte. Entre temps, je restais sur le web, même si de temps en temps j'allumais la télé, surtout pour les matchs de foot ou de rugby. En général, vers quatre heures du matin, j'avais liquidé mes trois packs de bière, et je m'effondrai sur mon lit, jamais fait, un simple matelas par terre, pour ronfler comme un sonneur, jusqu'au lendemain midi.

La routine, en somme.

*

Au bout de trois mois à ce régime, un phénomène étrange a commencé à se manifester. Il me semblait de plus en plus clairement que, bien que je fusse théoriquement un asocial vivant dans le virtuel, c'était moi, au fond, qui évoluait dans la réalité. Et les autres, les gens dits normaux, ceux que je croisais une fois par semaine en allant refaire le plein au Lidl ? Eh bien c'était eux, au fond, qui vivaient dans le virtuel.

Les gens normaux roulent sur des rails. Bon, ils sont assis à la place du conducteur. Mais comme ils sont en mode pilote automatique, ce sont les passagers de leur propre vie. Des passagers assis à la place du conducteur. Mais des passagers quand même.

Parfois, après ou avant le Lidl, j'allais dans un bistrot du coin pour écluser une bibine. Je les écoutais. Ils parlaient du foot, de l'actualité, de la politique. Moi qui passais mes journées à lire des sites d'information alternative sur le Web, j'avais l'impression, en écoutant leurs élucubrations, qu'ils vivaient dans une fiction construite par les grands médias.

Ensuite je passais devant une maison de la presse, et je parcourais les titres des grands journaux. On aurait dit quinze versions différentes du même scénario. Sans lien aucun avec la réalité, telle que le Web me la faisait voir.

Et comme mon expérience personnelle, en Inde ou ailleurs, me l'avait amplement prouvé, ce que le Web me disait était bien plus réel que ce scénario décliné en quinze versions toutes plus fausses les unes que les autres. Sur le Web, j'ai lu la réalité des intouchables pieds nus dans les usines. J'ai lu des analyses très pertinentes de ma propre condition de salarié jetable. J'ai lu la réalité. Cette réalité que, dans la grande presse étalée devant monsieur tout le monde, au kiosque, je ne lisais jamais.

Je regardais les gens chez Lidl. Tous à pousser les caddys à la queue le leu. Monsieur est reproduit à des millions d'exemplaires. Sa trombine interchangeable orne des millions de cous. Et en plus, il n'en sait rien. Révélation : la Marilyn de Warhol ne sait pas qu'elle est une star. Chaque image colorisée s'imagine qu'elle est un individu anonyme.

J'ai fini par comprendre que les gens chez Lidl n'étaient pas réels. C'étaient des hologrammes. Des reconstructions virtuelles planquées à l'intérieur d'un corps physique. Ils ont un cerveau, mais il ne leur sert qu'à faire défiler dans leur champ de conscience des pensées formatées. Ce sont des automates. Des reproductions d'homme. Pas des hommes.

Marylin en gros tirage est forte parce qu'indestructible, on ne peut pas détruire ce qui n'existe pas. Si le sol s'ouvrait sous ses pieds, le client du supermarché continuerait à pousser son caddy à travers une faille sismique. Si la télé lui disait qu'il fait soleil à minuit, il mettrait de l'huile solaire en se couchant. Demain, on lui dira de se mettre une casquette bleue et d'entonner l'hymne à Mao, parce que les Chinois auront conquis la France. Il le fera sans même remarquer que son quotidien a changé. Pour lui, l'important, c'est d'être comme tout le monde.

Franchement, vous trouveriez triste de ne plus se sentir appartenir à *ça* ?

Je veux dire : une fois compris que *ça*, c'est *ça* ?

Jour après jour, à partir du troisième mois, cela commença à aller de mieux en mieux.

J'ai compris que ma dépression touchait à sa fin. Je n'en sortais pas par la porte d'entrée. J'avais trouvé quelque chose derrière.

Un savoir supérieur.

Une initiation secrète.

Une porte s'ouvre tout au fond de mon cerveau.

Lors de mon dernier passage chez Lidl, j'ai eu une illumination.

Une vision, plutôt.

Une vision-illumination, disons.

Je me suis vu débarquant dans ce temple de la consommation bas de gamme muni d'une seringue bourrée d'un poison mortel. Au programme : contaminer discrètement, d'un geste rapide et précis, miches de pain et saucissons sous vide.

Dans le genre darwinisme social appliqué, j'ai senti soudain que j'avais en tête des projets bien plus efficients que ceux de mon ex-patron. Je me suis dit qu'Hitler serait fier de moi, que Staline m'aurait trouvé intéressant, et que Pol Pot m'aurait adopté. Tout ce qui dans l'Histoire fut grand et monstrueux, et grand parce que monstrueux, est venu se condenser quelque part, derrière la porte au fond de ma tête.

J'ai senti la main de Moïse se poser sur mon épaule, et il m'a dit à l'oreille : « Que dirais-tu d'une excursion au mont Sinaï ? »

Je me suis dit, pour la première fois : « Je suis la colère de Dieu. »

Et dire qu'avant, j'étais indifférent à la religion.

Les mois suivants

L es mois suivants, je me suis mis à la lecture de la Bible, au tir sur cible, au sport à haute dose et au meurtre en série.

Et pendant ce temps-là, je continuais à faire grossir mon carnet d'adresses web. Des milliers de schizos, paranos, antisociaux, asociaux, fascistes à cheveux longs, antifascistes à poil court, racistes libéraux, antiracistes autoritaires, chômeurs professionnels, divorcés par vocation, adeptes des études tantriques, spécialistes autoproclamés de l'invasion extraterrestre, antisémites et sionistes (ces deux catégories n'étant nullement incompatibles), survivalistes vivant dans la hantise d'une catastrophe qui les faisait fantasmer, suicidaires accros à la vie, beatle-maniaques anti hard rock, hard rockers, rappeurs ennemis du rap, keums de banlieue ayant arrêté l'école en troisième à dix-huit ans, BAC + 12 smicards, motards anti-fédération des motards, anticapitalistes occupés à la réforme du capitalisme, économistes libéraux en rébellion contre le libéralisme, fanas des armes à feu, noirs victimes du racisme, blancs victimes de la discrimination positive, arabes victimes de l'islamophobie, islamophobes terrifiés par la conquête musulmane, croisés en guerre contre l'industrie pharmaceutique, adeptes des médecines douces, victimes de l'insécurité périurbaine, nazis anti-antisémites, régionalistes paneuropéens, éclaireurs toltèques, docteurs en théosophie, cadres surmenés au bord de la crise de nerfs, ouvriers victimes d'un plan social antisocial, enseignants bolossés par leurs élèves, déçus d'à peu près tout, revenus de nulle part, paumés de tous poils. L'immense armée des losers de notre système débile, dont beaucoup, au demeurant, sont des types très intéressants. La grande centrifugeuse du néolibéralisme darwinien s'est tellement emballée qu'elle a rejeté dans la périphérie tout ce qui ressemblait à un grumeau, et les grumeaux en s'agglutinant ont fabriqué d'improbables tribus postmodernes, toutes plus déjantées les unes que les autres. Le réservoir à miliciens est littéralement saturé, ça déborde de partout. Le premier qui trouve une coupe originale de chemise brune a gagné une armée prête au combat.

Désormais, une idée prenait forme. Encore vague, mais de plus en plus pesante. Quelque part au fond de mon cerveau.

Derrière la porte.

*

Ce que la plupart des gens ignorent, concernant la Bible, c'est qu'elle ne dit rien d'autre que l'ordre des choses. Je n'ai jamais vraiment compris pourquoi on parle d'un livre révélé. Il me semble que c'est l'ordre qui se révèle par lui, ni plus ni moins. La Bible est le monde vu par Dieu. C'est une simple translation de point de vue. Au lieu de regarder l'ordre des choses du point de vue subjectif d'un acteur inscrit dans le temps, la Bible renvoie le reflet de cet ordre, vu du point de vue parfaitement objectif d'un acteur extérieur au temps. Ni plus ni moins. Il n'y a là rien de mystérieux.

Elle se divise en réalité en sept parties bien distinctes. La césure entre l'Ancien et le Nouveau Testament est assez artificielle. Le Nouveau Testament est déjà en germe dans Isaïe. L'Ancien Testament se répercute puissamment dans l'Apocalypse. Il y a bien sept parties, mais pas deux livres. Ou plutôt : il y a deux livres si l'on décide de regrouper d'un côté les quatre premières parties, et de l'autre côté les trois dernières.

Chacune des sept parties du Livre des livres est le reflet tendu, à un acteur inscrit dans le temps, du point de vue d'un acteur situé hors du temps. Il y a sept parties, parce que l'acteur inscrit hors du temps a fait pivoter six fois le miroir, pour réverbérer le même reflet vers les sept acteurs. Mais parce que ce miroir est hors du temps, parce qu'il embrase tous les points de vue à la fois, le fait qu'il ait pivoté n'a jamais modifié le reflet. Seul le regard de l'acteur inscrit dans le temps a changé. Le reflet, lui, est resté immuable.

La première partie est le Pentateuque. C'est le reflet de l'ordre des choses, présenté à un peuple en devenir, un peuple pré-politique. Parce que le point de vue de l'acteur inscrit dans le temps y est encore très simple, c'est certainement la partie où l'ordre des choses est le plus aisément décryptable.

Ce qui est créé n'est rien. Illusion. Apparences. L'individu lui-même n'est que sa propre illusion. Seul est vrai ce qui vient de Dieu. La part de l'homme qui reflète le reflet de l'ordre du monde est la seule chose réelle. Tout le reste n'est que poussière et vent. La vie humaine n'a donc aucune importance. Seule compte l'inscription des êtres dans l'éternité, à l'heure qui doit venir. Ce qui est, est. Et cela ne doit pas se mêler à ce qui n'est pas.

Les Israélites ont triomphé des Madianites. Ils reviennent au camp. Moïse constate que, conformément à l'usage du temps, ils ont tué les hommes et ramènent les femmes en captives. Il se renseigne : sont-elles vierges ? Réponse : pas toutes.

Moïse tranche : que les femmes vierges entrent dans le camp d'Israël. Puisqu'elles étaient vierges quand les hommes d'Israël les ont violées, alors on peut être certain de la filiation. La substance spirituelle qui a reflété l'ordre des choses reste pure. Elle ne s'est pas mêlée au monde. Quant aux autres femmes, qu'on les égorge, et que les Israélites qui les ont violées aillent se purifier dans le désert. Imaginez qu'elles enfantent : comment être certain de la filiation ? Moïse dit : que ce qui est, soit avec l'Eternel. Et que le reste, reste enclos dans le temps.

Aujourd'hui, c'est *un peu choquant*, je l'admets. Certains pourraient y voir une forme de racisme, ou je ne sais quoi (comme si le terme avait eu, alors, le moindre sens). Mais le message, reconnaissons-le, est limpide.

La deuxième partie est constituée par les livres historiques. Elle raconte comment le peuple de Dieu devient un peuple *politique*. Les choses, alors, deviennent beaucoup plus complexes. L'ordre reste le même : ce qui est, est avec l'Eternel. Le reste doit rester enclos dans le temps. Mais le regard porté sur cet ordre est devenu plus subtil. Plus troublé, aussi. Voici que surgit un ordre qui est avec l'Eternel, et cependant semble émaner du temps. Un ordre à l'intérieur de l'ordre. Un ordre *temporel* construit par la part de l'esprit qui reflète l'éternité.

Alors surgit le Roi David. C'est la miséricorde de Dieu, incarnée et envoyée à Israël pour qu'Israël reste fidèle à sa promesse. Sans entrer dans des détails à l'historicité d'ailleurs hautement douteuse, il est là pour dire, en substance, que l'ordre temporel a le droit de refléter l'éternité, à condition de le faire *vraiment*. La Loi politique est née. Un nouveau concept émerge : la *justice*. Jusque là, Israël devait suivre la Loi rituelle et pratiquer les sacrifices, et c'était marre. Désormais, il faut aussi que la Loi vive dans l'esprit, à travers le politique. L'Eternel accepte d'entrer dans le temporel, *à condition que l'inverse ne soit pas vrai.* Le temporel a droit de Cité, sous réserve qu'il reflète fidèlement le reflet.

Le concept se précise avec le successeur de David, Salomon. La justice devient la capacité d'un homme à penser en faisant abstraction de lui-même. Le reflet de l'Eternel cesse d'être pensé en termes de filiation charnelle (Salomon est le fils d'une reine au départ étrangère). Il correspond à une filiation spirituelle. Sans aller jusqu'à dire que l'individu devient une entité signifiante sur le plan social (n'exagérons rien), disons que l'homme et la femme acquièrent une certaine valeur, à condition que leur cœur sache écouter ce que dit l'Eternel. Le concept d'Election prend un sens nouveau, et plus élevé : ça ne s'hérite plus, ça se mérite. La sagesse vient à Israël.

Evidemment, tout le monde ne comprend pas. Salomon découvre que son peuple est indigne. L'homme individuel ne sait pas refléter l'Eternel. Il le prend en lui, et Le mêle au temporel. Le temps avale l'éternité. L'autre est un spectacle, dont on se régale. On l'avale. On le mange. On mange même carrément sa progéniture. Sans se gêner. Salomon disparaît, et après moult péripéties paraît-il historiques (qu'ils disent), les fautes d'Israël sont avérées.

La troisième partie peut commencer. Voici les livres poétiques.

La question, maintenant, c'est : pourquoi le temporel avale-t-il l'Eternel ? Pourquoi les hommes ne se montrent-ils pas dignes de la promesse ? Du coup, c'est le grand trip sado-maso soft, la pénitence tous azimuts, avec extases doloristes à la clef, chute et rédemption, fais-moi mal ça fait du bien.

Ces livres me font vaguement penser à un ouvrier fort mais un peu maladroit, qui chercherait à faire entrer l'Eternel dans le temporel en tapant le plus fort possible pour que le temporel explose sous les coups, pour que seul reste l'Eternel, noyau solide dans une soupe de particules désolidarisées. Job en prend plein la gueule. Il se rebiffe, mais seulement parce qu'il fait remarquer, en petit vicelard, que ce qu'on lui reproche, en somme, on pourrait tout aussi bien le reprocher à ses bourreaux. Moralité : tout le monde est coupable ! Coupable de poursuivre le vent. Coupable de livrer l'Eternel au temporel.

Et tant mieux si vous vous faites exiler à Babylone, bande de minables, ça vous fera les pieds. La colère de Dieu tombe sur Israël – non pour le détruire, mais pour que, frappé dans le temps, il soit purifié dans l'éternité. La miséricorde de Dieu dure à toujours. Quelle importance, si dans l'instant, le peuple souffre ?

Malheureusement, ça ne marche pas. Même après cette paternelle correction, les hommes continuent à ne pas placer l'Eternel où ils devraient le placer. La quatrième partie, les livres prophétiques, peut donc commencer. Puisque le SM soft n'a pas fonctionné, on passe au SM hard.

C'est ma partie préférée. On y croise de drôle de loustics. Leur régime alimentaire est assez relevé. Ezéchiel dévore un livre empli de lamentations. Osée doit, pour prouver son obéissance au seigneur, pratiquer la coprophagie. Les prophètes avalent, assimilent, digèrent littéralement l'impureté d'Israël. Ils *l'intériorisent*.

Peu à peu, un nouveau concept émerge. Le rapport entre l'Eternel et le temporel devient *dialectique*. En se confrontant à son incapacité à soumettre le temporel à l'Eternel, le prophète devient fou – mais cette folie lui ouvre les portes de la sagesse. Il prend conscience du fait que pour mettre l'Eternel à Sa vraie place, il faut d'abord faire l'expérience qu'on ne la connaît pas. La sagesse de Salomon devient un but. La Foi est la marche vers ce but, la confiance dans l'Eternel, qui se dérobe pour attirer vers Lui. À la Foi, qui marche vers la Foi.

On entre, à ce moment-là, dans l'Antiquité classique. La chronologie devient moins fantaisiste. Les évènements « historiques » ont beaucoup plus de chances de l'être effectivement. Les Juifs, qui jusque là n'ont rencontré que des peuples spirituellement moins avancés qu'eux, commencent à se confronter à des gars qui ont compris, eux aussi, à leur manière, *l'ordre des choses*. Des Perses. Des

Grecs. Le décor est planté pour la cinquième partie : les Evangiles.

Evangile veut dire « bonne nouvelle ». La bonne nouvelle, en l'occurrence, c'est que l'Eternel, devenu entre temps Dieu le Père (à force d'être intériorisé, il fallait que ça arrive), a envoyé son Fils parmi les hommes, pour racheter leurs fautes. On a donc confirmation qu'en dépit des innombrables transgressions d'Israël, l'Alliance est maintenue. Elle est même refondée, renforcée. À force d'avoir échoué à respecter la Loi, ces cons d'hommes ont fini par comprendre qu'elle était là justement pour qu'ils comprennent qu'ils ne pouvaient pas la respecter. Et que donc, pour avoir le cœur qui écoute, donc trouver la justice, et à travers elle la sagesse, ils devaient *aimer*.

Bravo. Vous avez touché la deuxième base. Voulez-vous tenter la troisième ?

Cela dit, le message du Christ n'est pas tissé *que* de l'Amour. Attention : certes, nous avons confirmation qu'au bout du chemin, l'Eternel nous accueillera. Certes, nous avons confirmation que cette promesse est faite à *tous* les hommes. Seulement gare : « Certains seront emmenés, d'autres seront laissés. » Le principe d'élection spirituelle trouve sa clef de voûte : l'Histoire, c'est une *sélection*. La course continue.

Je n'entrerai pas dans les détails du processus de sélection. La troisième base, pour l'instant hors d'atteinte, c'est justement la connaissance de ce processus…

Quoi qu'il en soit, le terrain est balisé pour la sixième partie : les Actes et les Epitres. Où nous assistons à la naissance d'un nouvel Israël. Plus du tout ethnique, celui-là. Un Israël de la Foi, en lieu et place de l'Israël de la Loi. Un Israël qui, comme celui de Salomon, injecte l'Eternel dans le temporel, au risque que le temporel le contamine. L'Histoire recommence. On reprend tout depuis le début, sur des bases nouvelles. Direction : la troisième base. La différence, c'est qu'on reprend tout *à un niveau de compréhension supérieure.*

La septième partie, c'est un délit d'initié. L'épitre de Jude et l'Apocalypse. Jude : nous savons que parmi nous, il y a non seulement ceux qui ne sont pas élus, mais aussi ceux qui sont destinés à les faire chuter. Non seulement les damnés, mais aussi les démons. L'Apocalypse : comment, et pourquoi, l'Israël nouveau répètera les fautes de l'Israël ancien. Comment, et pourquoi, c'est nécessaire. *Parce qu'il faut que la sélection s'accomplisse.*

L'Eternel n'entrera pas dans le temps pour tous. Beaucoup, croiront qu'ils peuvent l'y dissoudre. Beaucoup, penseront qu'ils peuvent faire de leur temps une éternité. Beaucoup, vivront dans le *spectacle.*

Voilà ce que dit la Bible.

*

Mais la septième partie dit aussi autre chose. Elle dit que lorsque les démons seront sur le point de triompher, ils se montreront. Ils seront *visibles*. Ils se sont glissés parmi nous, ceux-là dont la condamnation est *écrite depuis longtemps*. Et parce qu'ils seront visibles à l'instant de leur triomphe, cet instant marquera aussi leur chute.

Alors, ceux qui marchent au service de l'Eternel sauront *qui* doit être détruit.

Alors, il sera possible de faire une guerre véritablement *sainte*.

En quelques semaines

En quelques semaines, la lecture de la Bible m'a transformé.

La porte au fond de ma tête était ouverte, et un flot de lumière en jaillissait.

Soudain, tout devint clair.

Je vis qu'ils étaient là, ceux dont la condamnation est *écrite depuis longtemps*. Ils apparaissaient. On les voyait. On pouvait les séparer des autres hommes.

Dieu sait qu'ils avaient œuvré, pour arriver à cette *séparation*.

Je lus avec attention d'innombrables articles consacrés à la crise financière qui avait emporté mon entreprise. Ce que j'y vis, c'était l'instant où les hommes de mal se *révèlent*. Ceux qui veulent faire de leur temps l'éternité. Ceux qui croient dissoudre l'Eternel. Ceux qui disent : nous sommes ce qui est.

J'appris que les traders d'une certaine banque s'étaient partagé, au moment précis où je perdais mon emploi, la modique somme de 10 milliards de dollars. Un rapide calcul me permit d'établir qu'il avait fallu, pour leur verser cette somme, qu'environ un million de types dans mon genre renoncent à leurs primes tout en réparant une machine dans un local irradié. Et que vingt, peut-être trente millions d'intouchables marchent pieds nus au milieu des flaques de métal fondu.

Et j'ai longuement regardé des vidéos, sur Internet, où ces gens-là s'auto-congratulaient, disant qu'ils avaient *sauvé le monde*. J'ai entendu des élus du peuple leur donner raison. Banquiers voleurs, politiciens menteurs, ignobles fabricants de mensonge médiatique, je les ai vus danser autour du bûcher où flambaient leurs victimes, et j'ai entendu leurs rires couvrir les cris des suppliciés.

J'ai *déchiré mon vêtement* quand j'ai entendu cela. Peut-on imaginer pire *cannibalisme* ? Ces gens ont-ils donc atteint le point où un homme confond son temps avec l'Eternel, et son être avec l'Etre ? Ils sont ceux dont la condamnation est écrite depuis toujours. Ils sont la part du temps qui refuse l'éternité.

J'ai su que des hommes devaient se lever, qui avaient connu le repentir. J'ai su qu'ils devaient se lever, et condamner cette génération. J'ai vu que Babylone devait tomber.

Et soudain, il y eut plus que moi.

*

Un soir, alors que je finissais ma dernière série de 50 pompes, mon téléphone portable a sonné. Je l'ai contemplé quelques secondes, interloqué. Personne ne m'avait appelé depuis des mois.

Avec d'infinies précautions, j'ai ouvert l'appareil et j'ai dit : « Allô ? »

Une voix inconnue a retenti.

Elle disait : « Ne me demandez pas comment j'ai obtenu votre numéro de téléphone. Ne me demandez pas qui je suis. Ne me demandez pas comment je sais ce que je sais. »

J'ai dit : « Mais qui êtes-vous ? »

La voix a poursuivi, sans tenir compte de ma question.

« Nous vous suivons depuis plusieurs mois. Votre progression est intéressante. Nous avons étudié les messages que vous postiez sur les forums. J'ai une proposition à vous faire. Souhaitez-vous vous joindre à notre organisation ? »

J'ai dit : « Quelle organisation ? »

La voix a repris, sans marquer la moindre hésitation.

« Nous sommes une organisation qui n'a ni nom, ni hiérarchie. Nous sommes en guerre contre le Système. Si vous êtes prêt à vous joindre à cette guerre, dîtes le moi. »

J'ai réfléchi, puis j'ai répondu : « Je ne sais ni qui vous êtes, ni comment vous avez obtenu mon numéro. Mais quiconque me proposera d'entrer en guerre peut compter sur mon accord. »

Il y eut quelques secondes de silence, puis la voix reprit : « Etes-vous certain d'être prêt ? »

J'ai répondu : « Oui, je suis prêt. »

La voix m'a dit : « Vous m'appellerez la Voix. Si quelqu'un vous demande d'où vous tirez vos consignes, vous direz que c'est la Voix qui vous donne des ordres. Etes-vous prêt à m'obéir ? »

Sans réfléchir, j'ai dit : « Oui, oui. Donnez-moi des ordres. »

La Voix a dit : « Voilà ce que vous allez faire. Vous avez déclaré sur plusieurs forums que vous avez une liste comprenant des milliers de courriels. Choisissez, dans ces emails, ceux qui correspondent aux gens proches de vous, en termes de sensibilité. Dites-leur que vous avez une proposition à leur faire. »

J'ai dit : « Quelle proposition ? »

La Voix a repris : « Vous allez créer un site Internet confidentiel. Contentez-vous de louer un espace sous un faux nom, en utilisant un compte bancaire sous un faux nom. Puis déposez sur ce site un forum, dont la particularité sera qu'à chaque connexion, chaque connecté devra changer de pseudonyme. Le plus simple est d'affecter à chaque utilisateur un pseudonyme conventionnel, un par session. Puis dites aux gens qui veulent participer à la démarche que s'ils désirent se coordonner pour agir, ils pourront le faire via ce forum. »

J'ai dit : « Je ne sais pas comment on crée un site Internet confidentiel. »

La Voix a répondu : « Renseignez-vous, c'est très simple. Il suffit qu'aucun lien ne pointe vers ce site, et qu'il y ait un mot de passe à l'entrée. »

J'ai dit : « Et ça suffit ? »

La Voix a continué : « Non, ça ne suffit pas. Mais c'est mieux que rien. Vous direz à vos cibles que si elles se connectent sur ce site, ce doit toujours être depuis un cybercafé. Vous leur direz de ne jamais dire exactement quelle opération elles ont en tête, pas sur le forum. Vous leur direz simplement d'indiquer, si l'opération est violente, qu'elle est 'rouge'. C'est tout. Dites-leur encore de ne jamais se dire leurs noms les uns aux autres, de n'établir aucune relation durable entre eux, et si possible de ne pas se dévoiler leurs visages. Puis laissez-les faire. »

J'ai dit : « C'est tellement simple que c'est génial. »

La Voix a continué, sans tenir compte de mon interruption.

« Dites-leur encore de n'échanger aucune information par courriel. S'ils sont d'accord pour une opération, qu'ils se réunissent physiquement, et qu'ils en parlent de vive voix. Dites-leur de ne conserver aucune trace écrite, à part les simples demandes de contact, lieu, jour, sur le forum. Pour éviter autant que possible que le forum ne soit repéré, présentez-le comme un site de rencontres échangistes. Il est possible que pendant quelques temps, cela suffise à donner le change. C'est tout. »

J'ai dit : « Et comment saurai-je ce qu'ils font ? »

La Voix a répondu : « Vous ne le saurez pas, et c'est très bien comme ça. »

Puis la Voix a raccroché.

Et pour la première fois depuis des mois, je me suis rendu compte que j'avais un projet en tête.

Le lendemain

L e lendemain, j'ai commencé à faire le tri dans ma base de données. J'ai privilégié les contacts qui correspondaient, pour autant que j'aie pu en juger, à des gens *vraiment* énervés. Des gars dans mon genre. Des types qui passaient pour des sujets d'opprobre dans la bonne société. Le genre qui a pris cher. Des hommes forgés au creuset de l'amertume. Chômeurs suicidaires et divorcés dépressifs welcome.

Simultanément, j'ai ouvert un compte bancaire offshore, sous un faux nom. Puis j'ai lié un compte paypal, sous un email de convenance, auquel je ne m'étais connecté que depuis un cybercafé des Halles. Avec ce compte paypal, j'ai loué un espace chez un obscur hébergeur ukrainien.

Et là, j'ai droppé un forum de discussion bidouillé. L'adresse : http://uphoster.com/personnal/2568945. L'intitulé du forum : « multisex-rencontres-paris ». À chaque fois qu'un connecté tapait le mot de passe, « Vendetta », une routine lui attribuait automatiquement un pseudo valable pour une session unique. Les pseudos étaient générés à partir d'une liste de personnages de fiction des années 80, combinés avec un numéro d'ordre. Hutch15, Huggy18, Barracuda4, Colombo11, SonnyCrockett23, Alf2, BrettSinclair28, etc.

Puis j'ai laissé passer quelques jours, le temps de vérifier que tout fonctionnait parfaitement. Après quoi, j'ai récupéré la liste de mes emails sur une clef USB, et je suis allé dans un cybercafé de banlieue, du côté de Champigny.

Là, j'ai créé un mail jetable, dont j'ai d'ailleurs oublié le nom (je ne l'ai volontairement archivé nulle part). Et j'ai envoyé à ma liste de diffusion un unique message, avant de détruire la boîte mail.

« Vous en avez marre ? Marre de ce système ? Envie de cogner ? Envie de frapper un grand coup ? Envie d'agir ? Vous êtes prêt à prendre de vrais risques, pour faire mal aux salopards qui exploitent les peuples et détruisent notre monde ? Voici une adresse pour vous.

« Ne transmettez cette adresse à personne. Si vous décidez de lancer un nouveau groupe, créez un autre forum clandestin.

« Ce forum n'est référencé nulle part. N'y postez que pour organiser des actions. Indiquez éventuellement une adresse mail jetable pour les camarades désireux de vous recontacter. N'utilisez une adresse donnée que pour une seule opération. Détruisez l'adresse dès qu'elle a servi. Ne cherchez pas à connaître les véritables identités des camarades avec lesquels vous travaillerez. Tous les messages s'effaceront automatiquement au bout d'une semaine.

« Ne gardez aucune trace écrite, jamais. Si possible, essayez même de ne pas mémoriser ce que vous faites. Faites-le, n'y pensez plus.

« Frappez l'Ennemi partout. Ne soyez nulle part en particulier. N'ayez aucune structure fixe. Regroupez-vous, frappez, disparaissez. Soyez un essaim, qui converge vers la cible, puis s'égaye, insaisissable.

« Frappez réellement. Il n'y a qu'une seule chose à faire avec l'Ennemi : le tuer. Tuez ceux qui travaillent pour lui. Tuez ceux qui dépendent de lui. Souvenez-vous des crimes de l'Ennemi. Soyez sans pitié, il n'en mérite aucune.

« Ne vous connectez jamais sur ce forum depuis un poste de travail personnel ou professionnel. Utilisez les cybercafés. Quand vous agissez, quand vous vous connectez, quand vous vous rencontrez entre vous, essayer d'être le moins reconnaissables possible. Vous êtes des ombres.

« J'appartiens à une organisation qui n'existe pas. Mon contact s'appelle : la Voix. Ne me demandez pas qui il est : je l'ignore. Ne me demandez pas comment il m'a détecté : je l'ignore. Connectez-vous sur ce forum, allez dans un cybercafé, et connectez-vous. Vous aussi, vous appartiendrez à l'organisation qui n'existe pas.

« Bonne chasse. »

*

J'avais envoyé ce message à 184 adresses mail. Dans les sept jours suivants, il y eut 152 connexions sur le forum. J'ignore complètement combien de personnes différentes il y avait, derrière ces connexions. Je pense probable qu'il y en eut au moins 50, mais je n'ai aucune certitude.

J'ai proposé une opération, tout de suite. Huit personnes m'ont recontacté, sur la boîte jetable créée pour l'occasion. Il s'agissait de dévaliser une armurerie. Je ne le leur ai pas dit d'emblée, mais j'ai bien fait comprendre que ce serait dangereux. Cinq ont accepté de participer. Je n'ai donné le lieu de rendez-vous qu'à ces cinq-là.

Au jour dit, Arnold1, Adama1, MacGyver2, Magnum1 et RickHunter2 m'ont retrouvé sur la place de l'église, dans une petite ville de la banlieue lointaine. Ce matin-là, j'étais Cody1.

Je leur ai expliqué que nous allions voler deux voitures, entrer par effraction au domicile privé du patron d'une armurerie, puis que nous lui laisserions le choix : ou bien il nous accompagnait dans son commerce tout proche et nous permettait de piocher dans son stock, ou bien nous tuerions ses enfants et sa femme. Je leur ai dit que s'ils n'étaient pas prêts à tuer des innocents pour alimenter l'arsenal de l'organisation sans nom, je le comprendrais très bien, et ne ferais rien pour les retenir. Seul Magnum1 s'est désisté. Je ne lui en ai pas voulu.

Pour qu'il comprenne bien ce qui était en jeu, je lui ai juste rappelé : « Nous vivons dans un système qui ne nous a laissé absolument aucun espoir. Notre seule perspective est de faire exploser ce système, et cela suppose qu'on mette de côté toute forme de scrupule. »

Il m'a répondu : « Je ne critique pas. Je dis simplement que c'est au-dessus de mes forces. »

Puis il s'en est allé. Les autres m'ont tous assuré qu'ils étaient d'accord. Sans en être tout à fait certain, j'avais cru reconnaître, en MacGyver2, un gars qui, quelques mois plus tôt, m'avait avoué lors d'une conversation Internet qu'il avait fait l'année précédente deux séjours en hôpital psychiatrique – dépression après licenciement et divorce. Quant à Adama1, j'ai eu la sensation, quand il parlait de la banlieue, dans la voiture, que c'était peut-être le gars dont la fille avait été victime d'une tournante, quelques années plus tôt. Pour les deux autres, je ne sais pas. Je n'ai pas pu les situer.

Nous avons volé deux voitures. Je leur ai montré comment il fallait faire. Ce n'est pas très difficile, comme le commissaire Janin le sait certainement. Du moins tant qu'on ne s'attaque qu'à des véhicules bas de gamme, comme la Twingo ou la 106. En fait, il suffit d'ouvrir le véhicule, en perçant la vitre à la mèche (si on a le temps) ou en la faisant exploser (si on est pressé). Ensuite, il faut connaître l'architecture du moteur, ouvrir le capot et connecter manuellement les câbles. C'est tout. Ça s'apprend, et le mode d'emploi, à condition de savoir où chercher, est disponible sur Internet. On peut d'ailleurs également voler des véhicules haut de gamme, y compris ceux dotés de systèmes de sécurité électroniques, à l'aide d'un décodeur de signaux. Je me permets au passage de signaler au commissaire Janin que ce type de décodeurs peut être commandé sur le Web, dans certains pays à la législation souple, chose que je trouve amusante.

Nous avons volé une vieille Ford Fiesta et une Twingo, puis nous sommes partis visiter la cible. J'avais passé plusieurs jours à repérer les lieux. Je connaissais les habitudes de notre client. C'était un honnête père de famille. Il tenait une armurerie modeste, mais bien achalandée. Tout à fait ce qu'il nous fallait.

Nous nous sommes garés dans une contre-allée. Il était cinq heures du matin. Nous avons pénétré dans la maison de manière très simple : j'avais repéré une porte, à l'arrière, qui ouvrait sur une véranda. Un jeu d'enfant. Nous avons envahi le domicile de ce brave homme, et sans faire le moindre bruit, nous sommes entrés dans la chambre des parents. J'avais demandé aux gars de venir avec des gants de cuir ajustés et des baskets. Du billard. Monsieur et madame se sont retrouvés bâillonnés et entravés avant d'avoir fini de se réveiller. Puis nous sommes allés dans les chambres des gamins, et à six heures pétantes, toute la petite famille était réunie dans le salon. Tout le monde avec un bâillon, tout le monde mains et pieds entravés.

J'ai expliqué à notre client qu'il allait gentiment nous ouvrir son armurerie. Que nous nous servirions dans le stock. Qu'il n'aurait plus qu'à nous laisser repartir, et à porter plainte. Je lui ai promis que s'il était gentil, aucun mal ne serait fait à sa famille. Dans le cas contraire…

Le client a tout de suite compris qu'il avait intérêt à coopérer. Il a fait tout ce que nous lui demandions, et deux heures plus tard, quand nous sommes repassés chez lui, avec Arnold1 et Adama1, nous avions dans le coffre de la bagnole une vingtaine d'armes de poing, des chargeurs et des munitions. MacGyver2 et RickHunter2 nous ont accueillis avec gratitude, ils trouvaient désagréable de jouer les méchants devant cette gentille petite famille. Nous sommes repartis en voiture, le temps de larguer les caisses à quelques kilomètres de là. Tout le monde était resté ganté, cagoule sur la tête, du début à la fin de l'opération. En partant, nous avons laissé dans chaque bagnole un sac bourré de polystyrène dissout dans l'essence (napalm artisanal), avec une mèche lente plantée dedans. Allumée, la mèche, évidemment.

Cinq minutes après notre départ, les bagnoles ont entièrement cramé, de l'intérieur. Pas de traces ADN.

L'opération a rapporté à chacun de nous quatre calibres en parfait état de marche. C'est à ce moment-là que je suis devenu accro au Colt 45.

J'étais content de ne pas avoir été obligé de tuer les enfants.

Tout le monde a ses faiblesses.

En dix mois

E n dix mois, j'ai participé à une bonne vingtaine d'opérations de ce type. Je n'ai aucune idée du nombre d'actions conduites par ailleurs par les membres de mon forum. Aucune idée non plus du nombre de forums clones qu'ils ont mis en place. J'ignore si l'organisation sans nom a cinquante ou cinquante mille membres. Je ne sais même pas si mon forum a été le premier du genre, ou si la Voix en avait déjà organisé d'autres, quand je me suis lancé.

Comme je l'ai dit au commissaire Janin tout à l'heure, je n'ai rien à raconter. L'organisation biologique est impossible à démanteler parce qu'elle n'existe pas. C'est un code génératif. Des réseaux se sont créés. Ils n'ont ni centre, ni périphérie. Ou plutôt : le centre est partout, la périphérie nulle part. Ces réseaux n'ont pas de peau, pas de frontière, pas de limite. On ne sait pas où ils commencent, et pas davantage où ils s'arrêtent. Le seul moyen de les détruire serait d'anéantir toutes les cellules de base, et d'effacer la mémoire du code génératif. C'est évidemment impossible. Nous sommes indestructibles. L'organisation sans nom ne peut être effacée. Son nom ne peut être oublié, car il n'a jamais été appris. Le nom qui ne peut pas être nommé est le nom pour toujours.

J'ai déjà gagné.

Je suis une douille éjectée.

Cela fait longtemps que la balle a atteint sa cible.

*

J'ai oublié la plupart des opérations auxquelles j'ai participé. Je précise pour le commissaire Janin que ce n'est pas une *manière de parler*, c'est l'exacte vérité. Je me suis appliqué à effacer de ma mémoire le maximum de choses. Très honnêtement, je ne me souviens vraiment que de l'Elu, de l'opération Sankukai1, de l'armurier et de notre épique visite aux associés de Bazard Frères.

La banque Bazard Frères Paris est sise Boulevard Haussmann. Comme le précise la plaquette de présentation de cette vénérable institution, la Compagnie Financière Bazard Frères est une société par actions simplifiée au capital de 81 millions d'euros. La Compagnie Financière Bazard Frères est la filiale de Bazard Group, société immatriculée dans l'état du Delaware.

La plaquette précise ce qui suit :

« Au 30 juin 2010, le total des actifs gérés par Bazard Frères se monte à 14 milliards d'euros. »

Ce que la plaquette de Bazard Frères ne signale pas, en revanche, c'est comment ces 14 milliards d'euros sont gérés.

Bazard compte parmi ses collaborateurs les plus zélés un certain nombre d'énarques brillants. D'anciens hauts fonctionnaires qui ont été chargés parfois, avant d'entrer dans cette vénérable institution, d'en réguler les relations avec l'Etat. Il n'est pas interdit de soulever la question du conflit d'intérêt.

Il y a beaucoup de choses que la plaquette de Bazard Frères ne dit pas.

Des choses que nous, nous savons.

Nous, ceux qui n'ont pas de nom.

Les hommes sans visage. Les cagoules. Les ombres.

Un soir, avec trois camarades recrutés le mois d'avant pour une autre opération, mais avec qui j'avais envie de prolonger les festivités, nous avons rappelé ces choses aux intéressés.

*

Je m'étais procuré la liste des associés de cette grande et noble maison. On m'objectera : pourquoi Bazard Frères ? Pourquoi pas une autre banque d'affaires ? Après tout, elles font toutes la même chose, et Bazard Frères, à tout prendre, n'est certes pas pire qu'une autre. Je crois même qu'elle est loin d'être la pire, mais bon. Je me trompe peut-être.

À cette question, je répondrai : il faut bien commencer par quelqu'un.

J'ai planqué quelques jours à proximité de la banque. Le temps de repérer un certain nombre de grandes figures. Parmi celles-ci : Antoine de Faugouray, noblesse d'Empire reconvertie dans la finance. Personnage intéressant, puisqu'ancien haut fonctionnaire recasé chez Bazard, après avoir, à mon humble avis, rendu quelques services à son futur employeur.

Tout à fait mon style. J'adore.

Une filature me permit de repérer le domicile de l'impétrant. Un hôtel particulier, près de la porte d'Auteuil, en lisière du Bois. On sait vivre, chez ces gens-là.

J'ai planqué dans le bois, près de l'hippodrome, pendant de longues soirées d'août. J'observais. Je notais. Qui entrait. Qui sortait. Qui venait, et quand.

Au bout de trois semaines, j'acquis la certitude que le jeudi était le soir des réceptions. Des gens venaient, ces soirs-là. C'était dîner en ville. Mesdames en fourrure. Messieurs en costards à 10 000 euros. Grosses berlines garées dans la contre-allée. Mercedes, Jaguar, Porsche. Un soir aussi, surprise : une Rolls.

Pas de doute : le gibier avait ses habitudes.

J'ai prévenu mes acolytes, Roseanne5, JackMalone12 et FoxMulder8. Nous étions convenus d'un signal : un simple courriel pseudo-commercial, au nom d'une marque qui n'existe pas.

Ils m'ont retrouvé devant l'église d'Auteuil. Chez Antoine de Faugouray, la réception battait son plein.

Des invités de dernière minute allaient débarquer sans crier gare.

Ce qui est surprenant aujourd'hui, c'est la difficulté qu'il y a à frapper les institutions, et la facilité qu'il y a à frapper ceux qui sont à leur tête. Il est très difficile de braquer une banque, mais finalement assez facile de tuer un banquier. Même un banquier de très haut vol.

Le point faible de l'Ennemi, c'est la sécurité des personnes.

Pour l'occasion, FoxMulder8 avait amené quatre fusils d'assaut FAMAS. Je pense qu'il avait dû participer au braquage d'un convoi militaire, survenu quelques jours plus tôt. Mystère de l'organisation sans nom. Je ne sais ni si FoxMulder8 était vraiment dans ce coup-là, ni même si c'était bien l'organisation sans nom qui était derrière.

Mais ce qui est sûr, c'est qu'il nous amenait, comme promis, les FAMAS et un stock impressionnant de chargeurs approvisionnés.

De quoi *bien s'éclater*.

Etant donné que nous étions en force et bien armés, nous y sommes allés franco. Nous avons sonné à la porte. Une soubrette de comédie est venue nous ouvrir. Elle nous a demandé ce que nous désirions. Je lui ai dit, d'une voix peinée : « Je suis désolée, mademoiselle, mais j'ai fait un vœu à l'Eternel. » Puis je lui ai mis une balle dans la tête à l'aide de mon Colt 45, prolongé par le nouveau silencieux artisanal que je venais de fabriquer (je suis très fier de mes talents de bricoleur).

Un des avantages des silencieux artisanaux, soit dit en passant, est qu'ils cabossent tellement les balles que l'identité judiciaire peut avoir des problèmes de reconnaissance balistique. Bref.

Une fois la bonniche expédiée ad patres, nous sommes entrés sans nous faire annoncer. Au passage, j'ai abattu un chien et deux larbins, si ma mémoire est bonne.

Le dîner était donné dans une grande salle donnant sur le jardin. J'ai remarqué qu'il y avait une énorme baie vitrée en arrière-plan. Et beaucoup de plantes vertes. Mon opinion personnelle est que cela faisait tape-à-l'œil, mais c'est affaire de goût.

J'ai regardé les convives. Il y avait là une vingtaine de personnes, parmi lesquelles j'ai reconnu, outre Toinet la malice, deux associés de Bazard. Il y avait aussi un homme politique à la mode et deux acteurs célèbres. Plus une dizaine de mondaines déguisées en arbres de Noël.

Vraiment, tout à fait mon style.

Faugouray, en maître de maison attentionné, s'est levé et a demandé : « Qui êtes-vous ? Que voulez-vous ? »

Je n'ai pas répondu. J'hésitais entre le FAMAS et le Colt 45.

Faugouray a repris : « Nous ne discuterons pas avec des gens qui braquent des armes sur nous. »

Je l'ai regardé avec étonnement. Qu'est-ce que c'était que cette histoire de discussion ?

Il a répété, d'une voix qui se voulait ferme : « Nous ne discuterons pas. »

Je trouvais la scène si belle que j'hésitais à déclencher le carnage. Heureusement, Roseanne5 a fait preuve d'esprit de décision. D'une voix égale, il a répondu à Faugouray : « ça tombe bien, nous non plus. »

Après quoi il a rafalé allègrement trois connards endimanchés et deux poules de luxe. Ensuite, tout le monde s'y est mis. On aurait dit la scène finale de Scarface. Les convives ont tenté de fuir par la verrière, laquelle avait explosé, et nous avons abattus les derniers comme à la chasse, à travers le jardin.

En repartant, j'ai encore flingué quatre factotums, dont un gars qui brandissait un 9 mm (ça devait être un garde du corps, probablement). JackMalone12 a reçu au passage une balle en pleine tête. Je ne sais pas si c'était un *friendly fire* ou un coup du garde du corps. Dans le feu de l'action, il est difficile de tout voir. En tout cas, il a eu une belle fin, et il est mort heureux.

Au total, une excellente soirée, tout à fait conforme au *lifestyle* dynamique et ludique que nous entendons promouvoir.

Avant

Avant de conclure mon récit, je voudrais offrir au commissaire Janin mon analyse du mécanisme qui m'a entraîné dans cette démarche atypique. Au-delà du souhait somme toute légitime de vivre le nomadisme ludique selon mes penchants profonds, je crois être le fruit de l'enchaînement des causalités qui, par le passé, ont provoqué l'émergence de gars tout à fait *dans mon style*. Mais je crois aussi être, d'une manière très claire, la contre-mesure nécessaire pour que, précisément, ces gens-là ne sévissent pas, à nouveau. C'est que, voyez-vous, je frappe *où il faut*.

Prenez Hitler, par exemple.

J'aurais pu parler de Staline ou de Mao, mais bon. Prenez Hitler.

À bien y réfléchir, Hitler n'a jamais fait qu'appliquer aux autres les méthodes dont son propre peuple avait été victime ou témoin. On s'exagère beaucoup l'inventivité des nazis.

Les chambres à gaz, me direz-vous. Mais bon, dès 1918, le caporal Hitler avait été gazé.

Vous me direz : il avait été gazé en tant que combattant, ce n'est pas la même chose. À quoi je vous répondrai, au risque de choquer, que du point de vue du gazé, *c'est* la même chose.

Au fond, un camp de concentration nazi n'était jamais qu'un *site de production*. En tant qu'ingénieur chimiste, je peux vous garantir que la seule différence entre un camp de concentration nazi et une usine ordinaire de l'IG-Farben, *du seul point de vue de la production*, c'est la charte des *bonnes pratiques managériales*. Certes, on tue les gens plus vite dans un camp de concentration que dans une usine ordinaire. Mais dans les deux cas, on tue. Dans un camp de concentration, on tue directement. Dans une usine ordinaire, on licencie et on condamne à la mort sociale, accélératrice de la mort physique – et quand on ne licencie pas, on vole la vie, on vole du *temps de vie*. L'efficacité de la cogestion issue de l'économie sociale de marché a permis de dissimuler presque entièrement cette vérité, après 1948. Mais en 1942, pour quelqu'un comme Hitler, et pour tous ceux dont les familles conservaient la mémoire des conditions de travail induites par le capitalisme sauvage du XIX° siècle, cette vérité devait sembler évidente.

Je crois que c'est l'écrivain Aimé Césaire qui a dit, en substance, qu'au fond, Hitler n'avait fait qu'appliquer aux européens les méthodes qu'eux-mêmes avaient utilisées hors de leur monde. Le constat est brutal, mais justifié. Le colonialisme anglais a financé l'industrialisation d'Albion en comprimant à l'extrême les prix du coton, et des millions d'Indiens sont morts de faim. Les conditions de vie à bord des bateaux négriers me semblent, pour ce que j'en sais, tout à fait comparables à celles qui régnaient dans les trains de la mort nazis. Sous cet angle, Hitler n'a jamais fait qu'appliquer les logiques de l'Empire Britannique, son ennemi.

On dira : oui, mais la shoah, ce n'est pas pareil. On a tué des gens *pour ce qu'ils étaient.*

Je ne vois pas, là encore, où réside la supposée singularité des nazis. Les Turcs ont tué des millions d'Arméniens pour ce qu'ils étaient. Hitler le savait, son peuple en avait été témoin. Les soviétiques, sous Staline en particulier, ont détruit des peuples entiers pour ce qu'ils étaient – les Allemands de la Volga, par exemple. Et les élites allemandes le savaient fort bien, et elles vivaient dans la terreur de subir le même sort, en cas de révolution rouge en Allemagne. En ce sens, il est très possible que dans l'esprit d'Hitler, la solution finale de la question juive n'ait été qu'une forme d'attaque préemptive.

Je ne suis pas en train de dire qu'Hitler avait raison, bien entendu. Loin de moi cette assertion obscène. Ce que je veux dire, c'est qu'il avait *ses raisons*. Et, à vrai dire, si, au lieu de confondre stupidement « les Juifs » avec les banquiers prédateurs de la Haute Finance, il avait entrepris de liquider les banquiers, je dois reconnaître que ses raisons auraient été assez défendables.

Mettons-nous à la place d'Hitler.

Oui, je sais, c'est difficile.

Mais essayons.

L'Allemagne a perdu une guerre qui lui a coûté deux millions de morts. Elle est ruinée. Une des causes de la guerre est à rechercher dans les manœuvres de la haute finance anglo-saxonne, en partie d'origine juive. Une des causes de la défaite allemande réside dans la décision, prise par Rothschild après la déclaration Balfour, de financer massivement le camp occidental (fait peu connu mais historiquement avéré). Entre 1918 et 1923, l'Allemagne souffre. Sur sa défaite prospèrent toutes sortes de vautours. Presque tous ces vautours sont, pour dire les choses simplement, des capitalistes de haut vol. Il se trouve qu'une partie non négligeable d'entre eux est d'origine juive.

Un homme intelligent aurait décidé que l'Allemagne devait se défendre contre les exactions de la haute finance. Un imbécile comme Hitler décida qu'elle se défendrait contre « les Juifs ». Quand on sait qu'Hitler fut financé par la haute finance (y compris anglo-saxonne), on voit bien *qui*, en réalité, a poussé des millions de petits Juifs dans les camps de la mort.

Disons les choses franchement : c'est une illusion d'optique qui nous fait croire que ces gens-là ont été assassinés à cause de ce qu'ils étaient (des Juifs). En réalité, ils ont été assassinés à la place de ceux qu'il aurait fallu *buter* (les banksters de la haute finance). En fait, les Juifs d'Europe ont été assassinés *à cause de ce qu'ils n'étaient pas.*

C'est précisément pour cette raison que je crois ma démarche tout à fait fondée. Au-delà du *lifestyle* que je prône, avec une ironie qui n'aura pas échappé au commissaire Janin, il y a une analyse politique. En tuant les véritables coupables, je pense que je sauve des innocents.

Oh, ne vous faites pas d'illusion. Les banquiers s'apprêtent à pousser de nouveaux Juifs vers de nouvelles chambres à gaz. Il faut un bouc émissaire pour que l'immense faillite trouve une cause commode. Tout se met en place pour une nouvelle catastrophe – une nouvelle shoah. On y vient, tout doucement. Je ne sais pas encore qui fera la victime. Les Musulmans, peut-être. Ça y ressemble, disons.

Quoi qu'il en soit, j'ai pensé, monsieur le commissaire, que le temps était venu de frapper les véritables coupables. Si l'on fait abstraction de la grille de lecture religieuse exposée ci-avant, c'est bien de cela qu'il s'agit. En ce sens, je suis un anti-Hitler. Je viens dire aux vrais coupables : cette fois, vous ne vous en tirerez pas comme ça.

Evidemment, la légitimité de ma démarche dépend d'une hypothèse de base, à savoir que je connais les vrais coupables.

Le temps est-il venu où les hommes de mal se révèlent ?

En dernière analyse, tout dépend de la réponse apportée à cette question.

Si j'ai eu raison de penser que ce temps était venu, alors je suis l'anti-Hitler.

Si j'ai eu tort, alors je suis Hitler.

Je laisse juge le commissaire Janin.

Hier soir

Hier soir, quand les nouvelles sont tombées à propos du dîner du Siècle, j'ai su que quelqu'un, dans le réseau, avait fait preuve de *génie*.

Je m'en suis immédiatement voulu de ne pas avoir eu l'idée le premier.

L'Automobile Club, place de la Concorde à Paris. Le dernier mercredi de chaque mois, un repas. 300 convives. Le gratin du gratin. Hommes politiques. Businessmen. Journalistes. Tout ce que la France compte d'hommes et de femmes d'influence.

Combien de fois j'ai rêvé de leur balancer un missile, sur l'automobile club, le dernier mercredi du mois.

Crétin que j'étais, avec mes fantasmes de missile.

Alors que la solution était là, sous mon nez.

Evidente.

Hier soir, quelqu'un, je ne sais pas qui, mais certainement quelqu'un du réseau.

Quelqu'un a eu l'idée de génie.

Le *poison*.

300 convives. Une table excellente. Des plats succulents. Des vins prestigieux.

Et dans les plats, une décoction de laurier-rose. Dans le vin, un chouïa de jus d'aconit.

Foie gras à la digitale. Caviar rouge avec un zeste de jus de fruits d'if.

Dans n'importe quel jardin d'Ile-de-France, vous pouvez faire pousser une bonne dizaine de poisons mortels. Il suffit d'avoir la main verte et un peu de savoir-faire.

Une formation de cuistot aide à dissimuler les goûts.

Quelqu'un, dans les cuisines, hier soir, a dû fréquenter mon forum.

Ou un forum cousin.

Bilan : 300 morts.

C'est beau.

Silence.

Respect.

L'inventivité française.

Inutile de me demander qui a fait le coup : je ne sais même pas qui est membre de l'équipe.

Mais je suis fier de ce gars-là.

En ce moment

En ce moment, le commissaire Janin est en train de lire les premiers chapitres de ma confession. Il ne laisse rien transparaître. Je crois qu'il en est au moment où je raconte notre soirée avec les associés de Bazard. On dirait que ça ne le fait pas rire.

D'un autre côté, il n'a pas l'air particulièrement choqué.

Après avoir lu un feuillet, il le passe à l'inspecteur Sordi.

Lui a l'air absolument terrifié.

Je suppose qu'il croyait que j'allais donner des noms, des lieux, des dates. Il est en train de comprendre que je ne sais rien. Je devine, aux gouttes de sueur qui perlent à son front, qu'il est véritablement sous le choc.

Je me demande ce que le commissaire Janin fera de mes écrits. Je suppose qu'il va les transmettre à son autorité. Ça ne m'étonnerait pas qu'il travaille directement pour le ministre, ou quelque chose de cet ordre. C'est peut-être un faux commissaire, d'ailleurs. Je l'imagine bien dans les services secrets.

En tout cas, il n'a pas l'attitude que l'on prête aux flics. Le côté « je suis un sale type et j'aime ça », le côté « j'ai un flingue et ça me fait triquer ». Pas du tout le genre du bonhomme. Plutôt un homme de l'ombre.

Ou alors, c'est un commissaire, mais il travaille dans les services secrets.

J'ai remarqué que tout à l'heure, quand il lisait, je crois, mon exégèse biblique, il a esquissé une mimique d'étonnement. C'est apparemment la seule chose qui l'a frappé dans mon exposé. J'admire son calme et sa maîtrise.

Ce que je lui apprends, en effet, est tout à fait terrifiant pour de son point de vue.

Je lui apprends qu'il n'y a rien à combattre.

Rien. Le néant. Et il n'a aucune prise sur le néant.

Toujours

Toujours j'ai su que cette heure arriverait. Je savais, au fond de moi, que je me trouverais devant le commissaire Janin. Et je savais qu'il me condamnerait, tout en approuvant secrètement ma démarche. Tout est bien. Arrive ce qui était écrit.

Quand il eut fini de lire ma confession, Janin s'est approché et il s'est assis devant moi. Il a posé ses mains de part et d'autre de l'ordinateur portable. Puis il m'a dit : « Je pense que vous avez dit la vérité. »

Je lui ai confirmé que c'était le cas.

Il a cligné des yeux en signe d'assentiment.

Puis il a repris : « Rien dans ce que vous avez écrit n'est incompatible avec le résultat de notre surveillance. »

J'ai demandé, en pensant qu'il ne me répondrait pas : « Vous me surveillez depuis longtemps ? »

Il m'a immédiatement répondu, sans l'ombre d'une hésitation : « Presque depuis le début. Nous avons détecté votre démarche dès l'envoi de vos emails. Parmi les destinataires, il y avait plusieurs indicateurs de police, infiltrés dans les milieux autonomes où vous êtes allé pêcher vos ouailles. »

Il a réfléchi quelques secondes, puis il a ajouté : « Entre nous, c'était une grosse erreur de recruter dans ces milieux-là. Vous auriez dû vous douter que nous y avions nos gens. Il eût été préférable pour vous d'aller chercher du côté des gens normaux. C'est encore là qu'on trouve le plus de types exaspérés. Et nous ne pouvons pas surveiller les gens normaux. Il y en a trop. »

Pour la première fois depuis le début de notre relation, Janin m'avait vraiment étonné.

Je lui ai demandé : « Pourquoi ne m'a-t-on pas arrêté tout de suite ? »

Il a rétorqué, d'une voix ironique : « D'abord parce que nous n'avons pas repéré toutes vos actions, pas tout de suite. La surveillance est longtemps restée très légère. Nous n'avions pas compris, au début, à quel point c'était sérieux. Ensuite parce que, figurez-vous, nous cherchions à savoir qui était la Voix. Nous voulions remonter à la tête du réseau. Là, je dois reconnaître que vous nous avez bien eus. Dire que nous vous avons laissé commettre une bonne dizaine d'assassinats, pour identifier un donneur d'ordre qui n'existe pas… »

Je lui ai fait observer que la Voix existe.

« Je ne sais pas qui c'est, mais il m'a appelé. »

Le commissaire Janin a soupiré, avant de me confier, à voix basse, comme s'il avait honte de ce qu'il disait : « Mon vieux, votre abonnement SFR a été résilié voilà plus d'un an. »

J'ai réfléchi. Et soudain, je me suis rendu compte que je n'étais plus très sûr que mon portable ait vraiment sonné.

J'ai dit à Janin : « En somme, j'ai rêvé ? »

Il a hoché la tête.

Je lui ai demandé : « Commissaire, qu'est-ce qui m'est arrivé ? »

Il m'a regardé d'un air pensif. Puis il m'a dit : « Vous voudriez que le loup et l'agneau vivent dans la paix, alors vous avez fait le loup. »

J'ai reconnu le verset. Je lui ai demandé : « Le temps n'était-il pas venu de faire un dénombrement ? »

Il ne m'a pas répondu.

Il me regardait, simplement, d'un air inexpressif.

J'ai pensé que la conversation s'arrêtait là.

Je lui ai encore demandé, tout de même, pour comprendre : « Pourquoi me dites-vous tout cela, commissaire ? »

Il m'a répondu, d'une voix égale : « J'ai reçu des instructions vous concernant. Je ne peux que les suivre. Mais j'estime que vous méritez le droit de savoir. Vous avez joué franc-jeu. Alors j'en fais autant. »

Je lui ai pris la main droite, et je l'ai baisée.

Puis, tandis qu'il me regardait, j'ai récité pour lui le psaume 23.

« L'Éternel est mon berger, je ne manquerai de rien.

Il me fait reposer dans de verts pâturages, il me dirige près des eaux paisibles.

Il restaure mon âme, il me conduit dans les sentiers de la justice, à cause de son nom.

Quand je marche dans la vallée de l'ombre de la mort, je ne crains aucun mal, car tu es avec moi : ta houlette et ton bâton me rassurent.

Tu dresses devant moi une table, en face de mes adversaires.

Tu oins d'huile ma tête, et ma coupe déborde.

Oui, le bonheur et la grâce m'accompagneront tous les jours de ma vie, et j'habiterai dans la maison de l'Éternel jusqu'à la fin de mes jours. »

Janin m'a lancé, en se levant : « Je vous laisse une demi-heure pour écrire la fin. »

Éditions Le Retour aux Sources

www.leretourauxsources.com